책을 통해 세상 속으로

책을 통해 세상 속으로

지은이 _ 이경희

초판 1쇄 인쇄 _ 2012년 11월 08일
초판 1쇄 발행 _ 2012년 11월 10일

펴낸이 _ 신중현
펴낸곳 _ 도서출판 학이사
출판등록 _ 제25100-2005-28호
주소 _ 대구광역시 중구 국채보상로101길 15, (동산동 7)
전화 _ (053) 554-3431, 3432
팩스 _ (053) 554-3433
홈페이지 _ http://www.학이사.kr
이메일 _ hes3431@naver.com

값은 뒤표지에 있습니다.
ISBN _ 978-89-93280-47-0

책을통해 세상속으로

이경희 지음

學而思 학이사

처음에는 이런 생각이 아니었다. 그냥 독자로 남아 좋아하는 작가의 책을 읽고 감상평을 말하는 정도로 느슨하게 즐기고 싶었다. 독서는 하되 책을 써서 책임을 지고 싶지는 않다는 것이 솔직한 심정이다. 그런데 이토록 오랜 세월 동안 책과 동행하다니 인생이란 정말 예측할 수 없는 미답지인지도 모르겠다. 돌이켜보니 책은 오래전부터 내 인생의 한 부분으로 늘 같이 있었다. 자라면서 원하는 책을 마음껏 사볼 수 있었던 환경, 언어감각을 우성으로 타고난 유전자, 달리 재주가 없는 나의 취향 등이 함께 작용한 결과다.

책이 지닌 의미는 시대와 매체의 등장에 따라 다양하게 변주해왔다. 예전에 책은 지식권력의 상징이었지만, 지금은 문화의 한 영역으로 남아있다. 영상이 대세인 디지털 시대가 오면서 책은 문화의 권좌에서 밀려났다. 사람들은 책을 읽기보다 더 재미있는 놀이를 찾아 떠났다. 그런데 역설적이게도 독서의 중요성은 더 강조되고 있다. 책과 독서가 지닌 사유의 힘 때문이다. 또한 책이 지닌 지적 영토는 매우 광활하다.

독서의 의미도 달라졌다. 알베르토 망구엘은 "이상적인 독자는 텍스트를 절개해서 껍질을 들어내고 골수까지 파 들어가 동맥과 정맥을 일일이 추적해서 완전히 다른 생명체를 만들 수 있는 번역가다."라고 말했다. 책이 내 감정을 뒤흔들거나 삶의 혁명을 가져오지 못한다면 그저 '종이더미'에 불과하다는 독설이다. 그렇다. 이제 독자는 단순히 책을 '읽는' 행위에서 '해석'의 단계로 나아가야 한다. 그런 의미에서 독자의 역할은 매우 중요하다.

독자는 독서를 통해 세계와 나의 관계를 재구성하고, 삶의 가치를 탐색한다. 독서는 가장 효율적이고 경제적인 놀이요 나만의 망명정부다. 적어도 책 속에서 노니는 동안 나는 누구의 지배나 간섭도 받지 않는 단독자로서 오롯이 존재한다. 가난한 내가 당당하게 세상의 중심으로 살아올 수 있었던 가장 큰 힘이 독서였다. 이 얼마나 소중한 행운인가.

이 책에 실린 글은 '대구일보'에 매주 한 번씩 연재된 독서 칼럼을 모은 것이다. 처음에는 독서 일반에 대한 글을 쓰려다가 나중에는 책을 읽고 내 생각을 칼럼 형식으로 풀어내게 되었다. 마감 시간에 쫓기며 원고를 쓰는 일은 괴로웠지만, 덕분에 매주 책을 한 권씩 읽을 수 있었다. 그리고 책을 읽는 동안 떠오른 사유의 흔적을 소멸시키지 않고 글로 정리할 수 있었던 것도 좋았다. 이 칼럼을 쓰면서 독서에 대한 다양한 이론을 접하고 체계적으로 공부하는 계기가 되어 개인적으로 보람된 시간이었다.

가을이 깊어간다. 사라져가는 문자제국의 뒷모습은 늦가을처럼 쓸쓸하다. 지역에서 역사와 전통을 자랑하던 서점들도 하나 둘 사라졌다. 책과 독서는 앞으로 소수자의 전문 영역으로 남게 될 것이다. 디지털 기기가 이미 세상을 점령했는데, 나는 거꾸로 책을 읽어야 한다고 떠들고 다닌다. 시대를 거슬러 가는 일이 얼마나 고되고 어리석은 짓인가. 그래도 나는 믿고 싶다. 책과 독서가 보다 인간다운 삶을 살게 해줄 것이라고.

2012년 가을 한복판에서
이경희

차 례

제2장 책 읽는 여자는 위험하다

제3장 책이여 영원하라

제1장

책을 통해 역사 속을 거닐다

옛그림 속에서 만난 사람들

    도포를 입고 망건을 쓴 훈장님이 앉아계신다. 표정이 어째 우울하다. 숙제를 하지 않은 학동에게 회초리를 들었기 때문이다. 매를 맞은 학동이 돌아앉아 눈물을 훔친다. 오른손으로 댓님을 만지작거리는 것을 보니 부끄러운가 보다. 왼편에는 세 명의 학동이 책을 펴놓고 앉아 있다. 모두 이 상황이 고소하다는 듯 웃고 있다. 밑으로 시선을 옮기면 어린 도령의 뒷모습이 보인다. 이 서당에서 가장 나이가 어리다. 오른쪽에 앉은 학동 중에 갓을 쓴 사람도 있다. 아하, 손이 귀한 집이라 일찍 장가를 보냈나 보다. 조선 시대 서당의 모습을 정감어린 필체로 그린 단원 김홍도의 풍속화 '서당' 을 찬찬히 읽어 본다. 내가 마치 학동들 사이에 앉아 그 장면을 지켜보는 것처럼 생생하다.

'씨름' 판을 가보자. 함성소리가 들린다. 들배지기 기술로 상대의 왼다리를 들어올린 자는 이를 꽉 문다. 긴장감이 팽팽하다. 구경꾼을 따라가 본다. 표정만 보아도 두 선수 중 누구를 응원하는지 다 알 수 있다. 의관정장을 한 양반도 점잖은 체면 따위는 잠시 밀쳐둔다. 이 그림에서 유일하게 관객을 향한 이가 있다. 바로 엿장수다. 오늘 같은 날이야말로 대목이 아닌가. 얼굴에 미소가 돈다. 맨 오른쪽 아래 두 사람은 입을 벌리고서 몸을 뒤로 젖힌다. 선수 중 한 사람이 그쪽으로 넘어진다는 것을 암시한다. 씨름은 양반이나 백성이 모두 즐기던 조선시대 국민 스포츠였음을 알 수 있다.

단원이 그린 우리 옛그림을 보고 있으면 나는 타임머신을 타고 조선시대로 날아간다. 생동감이 넘친다. 이름 없는 백성으로 살다 간 이 땅의 사람들을 그림으로 만날 수 있다. 그림 속으로 들어가 그들에게 말도 걸어보고, 같이 울고 웃는다. 독자의 시선이 가는 곳마다 이야기가 흘러나온다. 단원의 풍속화가 없었더라면 조선의 역사는 훨씬 빈약할 수밖에 없었으리라. 옛그림 읽기의 종착역은 여백이다. 하늘이나 바다 혹은 비 개인 산을 감싸고 있는 운무는 모두 여백으로 비워둔다. 그래도 꽉 찬 느낌이다. 성리학이 추구하던 고졸한 정신세계가 겸재나 단원의 산수화에 담겨 있다.

양반들의 위선과 이중성을 그림으로 고발한 혜원 신윤복, 중국의 산수화를 모방하던 조선 화단에 진경산수화를 개척한 겸재 정선을 만나는 일은 즐겁다. 이런 공부를 통해 우리 것의 소중함과 우리 문화에 대한 자긍심도 가지게 되었다. 초보자라면《옛날 사람들은 어떻게 살았을까》(조은수 지음),《오주석의 한국의 미 특강》(오주석 지음) 같은 책을 통해 우리 옛그림을 친근하게 만날 수 있다. 저자가 독자를 그림 속으로 데리고 다니면서 입말로 설명해준다. 그림 읽기는 이 시대의 트렌드다. 한 장의 그림 속에 숨은 수많은 코드를 찾다보면 감탄사가 절로 나온다. 볼 때마다 새로운 해석이 보태진다. 예술의 위대함이 여기에 있다.

조선의 책벌레, 이덕무

선비의 입성은 초라하다. 자주 끼니를 굶어 야윈 얼굴이나 눈빛만은 형형하다. 집은 몹시 누추하여 흙벽에는 얼음이 얼고, 지붕에서 누런 물이 뚝뚝 떨어진다. 책을 수북이 쌓아놓은 작은 방 안에는 묵향이 그윽하다. 작은 띠집에서 하루 종일 책을 마주하고 앉아 낭랑한 목소리로 책을 읽는 선비의 모습이 떠오른다. 이덕무의 글을 읽노라면 눈물겹고도 안타깝다.

이덕무, 21세기 한국에서 그의 이름이 인구에 회자하고 있다. 책이나 독서에 대해 관심 있는 이라면, 한 번쯤 그의 이름을 들어보았을 것이다. 높은 벼슬을 지낸 것도 아니고, 역사적 사건에 이름이 오르내린 이도 아니다. 가난한 선비로 살았지만, 독서의 즐거움을 한껏 누리며 살다간 인물이다. 한겨울 방안에 찬바람이 몰아치자 《논어》를 병풍처럼 세워 웃풍을 막았으며, 《한서》를 꺼내어 홑이불 위로 너와지붕처럼 늘어놓고 잤다고 하는 대목에서 목이 멘다.

재미있는 것은 이덕무는 그 시절 유행한 《삼국지연의》 같은 소설이 음탕함과 도둑질을 가르친다며 친구인 박제가에게 충고하는 편지를 썼다는 것이다. 또한 선비가 바둑, 장기 같은 오락이나 잡기로 시간을 허비하는 것도 싫어했다. 이덕무는 다산 정약용에 버금가는 모범생 선비였다.

이덕무는 서자의 자손으로 태어났다. 조선은 엄격한 신분제 사회였다. 그의 깊고 넓은 지식은 벼슬길로 연결되지 못했다. 이덕무의 학식과 덕은 소문이 자자했지만, 규장각 검서관에 머물러야만 했다. 이런 결핍이 책과의 교유를 한층 더 깊게 만든 요소이리라. 이덕무는 우리 역사에서 보기 드물게 지知와 행行이 일치하는 삶을 살다 간 인물이었다. 그가 죽자 정조가 친히 경비를 하사해 이덕무의 문집을 간행했으니 그리 불행한 삶은 아니었던 것 같다.

이덕무는 《책을 보는 방법에 대하여》에서 이렇게 말한다. "책을 볼 때는 서문, 저자, 교정자, 그리고 권질券帙이 얼마 만큼이고, 목록이 몇 조목인지를 먼저 살펴서 그 책의 체제를 구별해야지 대충대충 넘기고서 책을 다 읽었다고 하면 안 된다." 즉 체계적이고 깊이 있는 독서를 설파했던 것이다. 또한 이덕무는 비판적 읽기와 겸손한 독서를 하라고 말했다. 이덕무의 이러한 독서법은 오늘날 재조명되고 있다.

하늘 아래 새로운 것은 없다는 말처럼 모든 텍스트는 비판적으로 읽어야 한다. 이러한 단계로 올라가려면 상당한 독서력이 뒷받침되어야 한다. 깊이 읽기와 체계적인 독서는 책읽기의 즐거움을 주는 동시에 효율성도 높다. 그렇다면 지금 도서관이나 학교에서 행하는 '다독상'에 대한 반성과 재고가 필요하다. 아직도 과정보다는 결과에, 질보다는 량에 초점을 맞추는 독서교육을 하고 있다는 반증이다.

　사람들이 이덕무를 가리켜 '책에 미친 바보, 즉 간서치看書痴라 불렀지만, 그 또한 기쁘게 받아들였다. 그가 지금 태어났다면, 꽤 유명한 학자가 되었거나 도서평론가로 이름을 날렸을 것이다. 독서는 그가 타고난 시대의 질곡도 뛰어넘을 수 있게 해주었다. 물리적 조건은 가난했지만, 이덕무의 정신세계는 너무나 풍요로웠으리라. 그는 독서를 통해 끊임없이 자신을 갈고 닦았다. 책을 통해 인격을 수양하고, 삶 속에서 실천할 것을 강조한 이덕무의 글은 내 정수리를 치는 죽비처럼 다가온다.

간송 전형필과 삶과 예술

"소설보다 기구한 것이 인생이다." 짧은 생을 살면서 굵직한 사건을 몇 번 겪은 친구의 말이다. 옆에서 그를 지켜본 나는 이 말에 고개를 끄덕였다. 소설보다 더 흥미로운 책이 인물이야기가 아닐까 싶다. 특히 격랑의 시간을 건너온 사람의 이야기는 그 자체가 역사다. 세기의 인물 '스티브 잡스'가 운명하자마자 불타나게 팔린 그의 전기는 특별한 생을 살다간 인물에 대한 세상의 호기심을 반영한다.

모든 인간은 희로애락의 파도를 넘으며 존재의 발자국을 남긴다. 하물며 역사에 굵직한 획을 그은 인물의 삶은 흥미를 넘어 자못 감동을 자아낸다. 시대의 한계를 뛰어넘어 세상을 변화시킨 이야기를 읽노라면 인간에 대한 외경심마저 일어난다. 삶이란 매양 거기

16

서 거기인 것 같지만, 실은 얼마나 다양한 무늬로 엮어지던가.

　예술작품이 뿜어내는 아우라는 우연히 느낌이 꽂히는 순간 다가온다. 우리 옛그림 읽는 맛을 조금씩 알아가는 즐거움은 간헐적으로 찾아온다. 그림은 정말이지 아는 만큼 보인다. 옛그림 속에 숨은 코드를 하나씩 발견하는 즐거움을 무엇에다 견주랴. 옛그림 읽기의 감칠맛은 어린 시절 퇴근하는 아버지 손에 들려있던 양과자가 입안에서 살살 녹던 그런 맛이다. 나에게 이런 즐거움을 신사한 고마운 이가 있다.

　간송 전형필, 그는 한국미술사에서 전설 같은 인물이다. 만약 간송이 없었더라면 수많은 국보급 문화재가 이국땅을 떠돌고 있을지도 모른다. 혹은 기록이나 전설로만 남아 후손에게 안타까움만 더해줄는지도. 남들이 가지 않는 길을 선택한다는 것은 어렵고 힘든 일이다. 확고한 신념과 역사에 대한 믿음이 있어야 흔들리지 않고 꿋꿋하게 갈 수 있다. 간송 전형필은 홀로 미답의 길을 걸어간 인물이다. 《간송 전형필》(이충렬 지음)을 읽으면서 한 인물에 대한 존경심이 절로 우러난다.

　선대로부터 엄청난 부를 유산으로 물려받은 간송은 전 재산을 우리 문화재 수집과 보존에 쏟아 붓는다. 부의 축적을 위한 수단이 아니었다. 많은 자산가들이 친일로 돌아서거나 만주로 떠날 때 간송이 선택할 수 있는 길은 그리 많지 않았다. 그는 누구도 주목하지 않은 길을 선택한다. 식민지 국민으로서 자존심을 지키고, 우리 문화를 보존하기 위해 선택한 길이었다. 그 길은 당연히 외로웠다. 간송은 고서화와 고서적, 도자기, 불상 등을 체계적으로 공부하고 수집한다. 그는 또한 대한민국 최초의 근대식 사립박물관 간송미술관澗松美術館을 설립한다. 이 사업도 소중한 문화재를 영구보존하기 위한 대담한 결정이었던 것이다.

간송의 일생을 읽다 보면 가슴 벅찬 경험을 여러 번 하게 된다. '몽유도원도'를 끝내 구입하지 못한 이야기나 국보급 고려청자를 영국변호사에게 일괄 구매한 사연은 흥미진진하다. 그의 선각자적 깨달음이 수많은 우리 문화재를 지켰다는 사실이 고마울 따름이다. 특히 그가 '훈민정음해례본訓民正音解例本'을 사들이고 지켜낸 것은 극적이다. 한국 전쟁 때 피난길에도 훈민정음만은 끝까지 지키기 위해 잘 때도 베개 속에 넣고서 그것을 베고 잤다고 한다.

'간송미술관 특별전'을 보려고 사람들이 구름처럼 몰려간다. 이 책을 보면 교과서나 박물관 도록에 실린 국보급 문화재가 어떤 경로를 거쳐 우리 땅에 남게 되었는지 사연을 알게 된다. 한 인간의 안목과 거시적 선택이 한 나라의 문화적 자존심을 자손 대대 물려줄 수 있다는 사실이 놀랍지 않은가. 한 사람이 심은 나무의 그늘이 얼마나 크고 소중한지 간송은 가르쳐준다. 문화재란 소실되거나 망가지면 원형을 회복하기가 어렵다. 제국주의 시대 점령자들이 왜 그토록 식민지의 문화재를 탐냈는가를 생각해보라. 문화의 가치란 시공간을 초월한 인류의 자산이기 때문이다.

한 인간의 발자취는 자의든 타의든 그가 살았던 사회와 역사에 영향을 끼치기 마련이다. 간송 전형필은 한국판 노블레스 오블리주

(Noblesse Oblige)의 모범을 보인 인물이다. 새삼 그의 행적이 주목받는 이유다. 간송은 일찌감치 문화의 힘을 알았던 선각자였다. 자신이 지닌 부를 일신의 영달을 위해 쓰지 않고 더 큰 명분을 위해 쾌척한 간송이 이 시대에 더욱 그리운 이유는 무얼까?

책을 통해 역사 속을 거닐다

비가 그친 서출지는 평화롭다. 빗방울이 연잎 위에서 한가로이 노닐고 있다. 연꽃이 피지 않은 초여름 서출지는 초록의 바다다. 비가 온다는 일기예보가 있었지만, 경주로 답사를 떠났다. 취미가 뭐냐고 물으면 망설이지 않고 유적답사라고 말한다. 학창시절, 한자투성이인 역사적 사건이나 연도, 유물이름을 외우는 역사 공부는 재미없었다. 실제로 있었던 일이라고 해도 실감 나게 다가오지 않았다. 삼국통일이나 임진왜란이 지금 내 삶과 무슨 상관이 있단 말인가, 라는 의문만 가득했다. 그러나 어른이 되어 바라본 역사는 달랐다. 경주박물관 미술실에 전시된 깨어진 수키와의 미소가 사무치도록 보고 싶어 경주로 달려가곤 했다. 역사를 만나러 가는 답사는 내 삶의 큰 즐거움이다.

나를 역사의 광장으로 끌어들인 한 권의 책이 있다. 황인경이 쓴 역사소설 《목민심서》이다. 밤을 지새우며 단숨에 책을 읽은 나는 '다산'이란 인물에 매료되었다. 그때부터 다산 정약용이란 이름이 담긴 책은 다 구해서 읽기 시작했다. 역사 공부에 첫 발을 내디딘 것이다. 그해 여름 휴가 때는 유홍준의 《나의 문화유산답사기》를 들고 강진의 다산초당도 찾아갔다. 처음에는 지은이의 글을 그대로 따라 다녔다. 그러다 내 나름의 안목이 조금씩 생기기 시작했다. 지식이 쌓이는 만큼 역사공부도 깊어졌다.

《나의 문화유산답사기》는 내 삶의 의미를 더해준 책이다. 늦은 가을날, 석양이 지는 폐사지에 서 있던 3층석탑이 가슴을 뛰게 한다는 사실이 경이로웠다. 한 권의 책으로 말미암아 우리 역사와 문화에 대한 눈을 뜨게 된 것이다. 지식이 쌓일수록 역사는 점점 흥미로웠다. 다산이 유배된 18년 동안 그의 곁에서 수발을 든 여인은 누구였을까, 추사는 대정 바닷가에서 혼자서 유형의 시간을 어떻게 견뎠을까 등 나의 상상은 오뉴월 환삼덩굴처럼 뻗어 나갔다.

세상의 모든 역사책은 해설서다. 사마천이나 김부식이 어떤 사건을 선택한 데부터 사관의 주관이 개입된다. 그렇다. 역사를 읽는 재미는 독자나 저자의 풍부한 해석에 있다. E.H. Carr의 말대로 역사란 "과거와 현재의 대화"가 아니던가. 역사의 의미는 반복성과 현재성에 있다. 비록 시공간은 다르지만, 인간이 지닌 기본적인 욕망의 틀 안에서 삶이 작동되기 때문일 것이다. 그래서 역사는 나를 찾아 떠나는 탐구의 길이다. 역사는 현재를 진단하고 미래를 예측하는 심안을 갖게 해준다. 동서양을 막론하고 뛰어난 지도자는 역사를 깊이 공부한 사람이었다. 역사 공부를 통해 시대를 꿰뚫어 보는 통찰력이 길러지기 때문이다. 또한 당대 사회가 직면한 문제의 해법을 역사적 경험에서 찾을 수 있는 지혜의 보고다.

역사공부는 과거로 떠나는 여행이다. 조각난 퍼즐을 맞추듯이 깨어진 토기조각을 붙이다보면 어느새 청동기시대로 돌아간다. 그래서 상상력, 추리력, 논리력 등 이 시대가 요구하는 사고력을 기르는 데는 역사공부가 제격이다. 역사는 문화콘텐츠의 보고다. 역사 속 사건이나 인물은 다양한 장르의 문화상품으로 개발되어 공연되거나 팔리고 있다. 최근에는 독자의 눈높이에 맞춘 다양한 역사책이 출판되고 있다. 《세상을 바꾼 여인들》(이덕일 지음)이나 《책과 노니는 집》(이영서 지음) 등은 문학과 역사를 융합한 새로운 콘텐츠다. 유물이나 유적은 아는 만큼 보이고 느낀다. 이번 여름휴가는 역사를 찾아 떠나보는 것은 어떨까. "알면 사랑하게 되고 사랑하면 보이나니, 그때 보이는 것은 예전과 같지 않으리라" 조선시대 선비 유한준이 남긴 말이다.

조선 명문가의 독서교육

고약한 직업병이다. 남의 집을 방문할 기회가 주어지면 그곳만 눈여겨본다. 마치 숨겨진 비밀병기라도 찾는 사람처럼 책장을 죽 훑는다. 서가에 어떤 책이 꽂혀 있는지를 보면 집주인의 가치관이나 교육관이 대략 가늠된다. 물론 매우 주관적이고 편협한 선입관이 작동한다. 그렇다 치더라도 겉으로 드러나지 않는 그 집안의 가치 지향점을 알 수 있다. 나는 오랜 경험에서 축적된 직관을 대체로 믿는 편이다. 이런 시각은 옳고 그름의 문제가 아니라, 어디에 가치를 두고 사느냐에 대한 삶의 가치지향과 연관이 있다.

《조선 명문가 독서교육법》(이상주 지음)은 우리나라 명문가의 자녀 독서교육법을 소개해 놓은 책이다. 윤선도, 정약용, 송시열, 유성룡 등 역사에 굵직한 발자취를 남긴 집안에서 자녀들에게 어떻게 독서교육을 했는지 기록을 바탕으로 소개한다. 그런 집안에서는 자녀들에게 그냥 책을 읽으라고 말하기보다 아주 구체적으로 방법을 제시한다. 다독과 정독, 숙독으로 정리되는 독서법은 지금도 유효하다. 조선시대 선비의 주된 일상은 글 읽기와 쓰기였다. 과거시험 공부도 책 읽기부터 시작했으니까.

"비록 세상이 어지럽고 위태로워도 남자라면 공부를 중단해서는 안 된다." 서애 유성룡 선생이 남긴 말이다. 앞날이 보이지 않는 혼란기일수록 독서를 하며 마음을 다잡으라는 말일 터이다. 서애 집안은 종손 9대가 내리 벼슬을 한 명문가다. 이런 명문가를 이룬 토대가 독서였다. 서애 선생이 남긴 문집 《학이사위주學以思爲主》에서 "독서란 생각이 중심이다. 생각하지 않는다면 보고 들은 것을 그대로 다른 사람에게 전달하는 데 그치는 수준밖에 안 된다."라며 맹목적으로 지식을 받아들이기보다 비판적 독서를 강조했다.

정약용 선생은 강진에서 유배생활을 하며 자녀들에게 편지로 교육했다. 다산 선생 자신이 대단한 독서가였기에 독서의 중요성을 누구보다 잘 알고 있었으리라. "망한 집안의 아들로서 잘 처신하는 방법은 오직 독서 한 가지밖에 없다." 아비로서 자식 곁에서 가르침을 주지 못하는 안타까움과 간절함이 그대로 전해온다. 정약용은 시험 위주의 공부에 대해서도 비판했다. 총명하고 재능있는 이들을 일률적으로 과거라는 격식에 집어넣는 교육제도는 개성을 짓밟아서글프다며 비판하기도 했다. 지금 이 시대 많은 젊은이가 고시를 목표로 몇 년씩 매달리는 모습과 겹쳐진다.

"만 권의 책이 있는 곳이 낙원이다."(허균), "책을 보는 이는 사람으로서 마땅히 해야 할 일이다. 이런 이치를 구한 다음에 앎과 실천이 함께 나아가야 한다."(허목). 예나 지금이나 독서교육의 근본 목적은 같다. 정신세계의 확장이며 공부의 기본이다. 독서는 가난한 선비들이 찾아낸 지상낙원이었다. 독서방법은 상황에 따라서 다양했다. 실학자들은 앎을 넘어서 실천의 중요성을 강조했다. 과학자이자 실학인인 홍대용은 "독서는 여행길의 지도와 같다."라고 말했다. 인생이란 먼 길을 가려면 지도가 필요한데, 그 지도가 바로 독서습관임을 강조했다. 그는 열흘만 마음을 단단히 먹고 독서 습관을 익히면 책 읽기가 어렵지 않다고 주장했다.

조선의 선비에게 책 읽기는 앎의 과정일 뿐만 아니라 수행의 길이기도 했다. 인간으로서 도리와 하늘의 뜻을 알려면 독서는 필수 과목이었다. "독서는 출세를 위한 공부가 아니다. 다만 세상을 지혜롭게 살아가는 데 필요하다." 서재 임징하가 제주도 유배 시절 죽음을 앞두고 아들에게 유언으로 남긴 말이다. 죽음을 앞둔 자가 깨우친 도道의 말이다. '읽고 외우고 생각하는' 조선 명문가의 독서법은 시대를 뛰어넘어 그 가치를 음미하게 해준다.

책쾌, 그를 통해 조선을 만나다

　　몸이 누적된 피로를 견디지 못해 무너졌다. 약을 먹고 죽은 듯이 한나절 잠을 잤다. 약물의 효능으로 열이 내리자, 마음도 내려왔다. 덕분에 단숨에 읽은 책이 《책쾌》(김영주 지음)다. 독서에 관한 책을 탐독했던 터라 바짝 구미를 당기게 했다. 기대치에는 약간 못 미쳤지만 몽롱한 약 기운으로 읽기에는 좋은 책이었다.

　　책을 통해 옛 사람과 조우하는 일은 즐겁다. 시간을 거슬러 올라가 만나는 시공간의 풍경은 상상의 나래를 맘껏 펼치게 해준다. 독자는 작가가 펼쳐놓은 텍스트의 공간을 훌쩍 뛰어넘는다. 독자의 배경지식과 체험, 지향하는 가치관 등이 같이 작동한다. 그래서 독서는 저자와 독자가 만나는 지식의 향연이다. 《책쾌》는 역사 배경지식을 재료로 해석의 그물짜기를 통해 책 읽기의 가속도를 높인

작품이다.

책쾌冊儈는 조선시대에 등장한 서적중개상을 말한다. 요즘으로 치자면 도서 외판원쯤 될 것이다. 그들은 단순히 책을 사고파는 중개 역할만 한 것이 아니다. 책에 관한 일련의 정보와 지식 따위를 고루 알아야 비로소 '책쾌'로 인정받을 수 있었다. 예나 지금이나 책은 단순한 상품이 아니다. 한 시대의 문화를 유통하고 창조하는 매개체다. 그런 의미에서 본다면 '책쾌'라는 직업은 당대의 문화를 이끈 독특한 직업군이라 칭할 수 있다.

1980년대까지만 해도 서적외판원을 자주 볼 수 있었다. 물론 생계의 방편이었지만, 나도 《세계문학전집》이나 《창비영인본전집》 따위를 외판원을 통해 구입했다. 두꺼운 학술서를 잔뜩 짊어지고 학교나 교수 연구실을 찾아오던 현대의 책쾌도 얼마 전까지 존재했었다. 그만큼 책을 구하기가 어려운 시대였다. 지금이야 책이 흔하여 한낱 소비재로 전락했지만, 그 시대는 책은 중요한 재산이었다. 책에 대한 갈증이 그만큼 절실했던 시대였다.

영정조 시대는 조선의 르네상스 시기였다. 청나라를 통해 유입된 새로운 문물과 낯선 문화를 갈망하는 지식인들이 개성 있는 문체로 글을 썼다. 또한, 우리 것에 대한 자각과 한글소설이 등장하여 문학의 대중화가 열린 시기였다. 이러한 시대적 흐름 속에 책과 관련된 새로운 직업이 등장했다. 돈을 받고 책을 빌려주는 '세책집', 이야기책을 전문으로 읽어 주던 '전기수', 책을 사고팔던 중개상 '책쾌' 등이다. 이들은 18,19세기 조선 후기 책 문화를 이끈 사람들이다.

소설이란 장르가 성립하려면 연애가 빠질 수 없다. 이 책에도 남녀 간의 연애가 간간히 등장한다. 주인공 조생과 용이의 사랑이 어쩐지 어설프다. 또 당대를 살았던 연암이나 박제가, 홍대용 같은 지식인도 등장한다. 책쾌 조생을 주인공으로 이야기가 엮어지다 보니 당대의 정치 사회, 문화적 풍경이 주마간산으로 스쳐가고 만다. 전국을 도술 부리듯 날아다녔다는 조생을 따라 가니 괜히 나도 바빠진다. 소설이라는 한계를 인정하더라도 내용이 너무 가볍다는 느낌을 지울 수 없다. 작품의 배경으로 등장하는 인물과 역사적 사건을 좀 더 무게 있게 다루었더라면 좋았을 텐데 아쉬움이 남는 작품이다.

영조는 공부를 열심히 한 군주다. 늦게 세자로 책봉된 그는 자신의 부족함을 극복하기 위해 정말 열심히 책을 읽었다. 그러나 그 역시 봉건군주제의 왕이었기에 '문체반정' 이라는 탄압정책을 편다. 새로운 문체의 등장은 곧 당대 지배이데올로기에 대한 저항과 균열을 가져온다는 것을 영조는 너무나 잘 알고 있었다. 그래서 시대정신에 균열을 내는 불온서적을 금서로 지정하고 일부는 불태운다. 무릇 금기는 인간의 호기심을 충동질한다. 그런 책은 지하에서 책쾌들의 손에 의해 백성들 사이를 돌아다녔다.

역사적으로 보면 지배자의 분서갱유는 자신의 권력을 지키기 위한 수단이었다. 그들은 책이 지닌 불온한 사상과 보이지 않는 힘을 알고 있었다. 역설적이게도 탄압은 또 다른 열망을 낳는다. 최근에도 국방부가 불온서적으로 지정한 책들이 대중의 호기심을 자극하여 서점에서 불티나게 팔렸다고 하지 않는가.

역사의 아웃사이드에 머물던 사람의 이야기가 주목받는 시대다. 역사의 전면에서 조명을 받았던 이들의 이야기는 너무 식상하다. 어쩌면 이름도 남기지 못하고 사라져간 백성의 삶을 복원하는 것은 문학가의 몫일지도 모른다. 그런 의미에서 본다면 작가의 상상력으로 복원된 '책쾌 조생' 이란 인물의 생을 통해 조선의 한 부분을 만날 수 있었다. 역사는 지금 여기를 투사하는 반사경이다. 내가 역사를 공부하는 이유이기도 하다. "벼슬이 못나간다고 배우지도 말란 법은 세상 천지 어디에도 없으니라. 문자를 배우고 익히노라면 나 자신이 보이고, 세상이 보이니 이처럼 신나고 재밌는 일이 또 있을꼬." 책 속 무명의 훈장이 한 말이다.

세계사를 움직이는 다섯 가지 힘

　세계사 읽기는 한번도 성공하지 못했다. 한번은 통독을 해야 한다는 숙제만 짊어진 채 지내왔다. 몇 번 책을 사서 도전했지만, 토막으로 읽다보니 연결이 잘 안 되었다. 또 지금까지 출판된 책들이 대부분 서양인이 쓴 책이라 균형있는 시각을 갖추지 못했다. 역시 다카시다. 《세계사를 움직이는 다섯 가지 힘》(사이토 다카시 지음) 한번 손에 책을 잡으니 술술 읽혔다. 역사를 바라보고 해석하는 폼이 넓고도 섬세하다.

　다카시는 우리나라에도 잘 알려진 저술가이자 일본을 대표하는 지성인이다. 그는 동서양을 가로지르는 독서와 의표를 찌르는 글로 유명하다. 다카시는 '욕망, 모더니즘, 제국주의, 몬스터, 종교' 라는 다섯 개의 키워드로 세계 역사를 자기만의 방식으로 탁월하게 해석해 놓았다. 가령 커피가 근대 자본주의와 산업화를 이끈 동인으로 보는 시각은 흥미롭다. 또 "자본의 도시는 쇠퇴하고 나면 이름도 사라지지만 문화의 중심지는 중심이 이동해도 도시가 브랜드로 남는다"는 저자의 말에 고개를 끄덕인다. 암흑기 중세에 대한 새로운 해석과 동양사를 동양인의 관점에서 바라보는 다카시의 시선은 냉정하고도 객관적이다.

다카시는 사회주의와 자본주의에 대한 두 개의 궤도를 따라가며 오늘날 자본주의에 대한 진단과 위기, 미래에 대한 조심스러운 전망 등을 제시한다. 특히 그는 공산주의의 몰락 원인을 인간의 근본적인 욕망을 무시한 인위적인 사회구조 개편과 공산당의 관료주의를 꼽는다. 그러나 오늘날 멈출줄 모르고 굴러가는 자본의 욕망에 대한 경고도 잊지 않는다. 주목을 끄는 것은 종교에 대한 그의 시각이다. 서구 유럽의 3대 종교이자 뿌리가 같은 유대교, 기독교, 이슬람교에 대한 다카시의 관점은 맵고도 날카롭다. 이 책을 통해 이슬람교에 대한 여러 오해와 편견을 한 꺼풀씩 벗을 수 있었다. 1,2차 세계대전의 원인을 더 가진 자와 덜 가진 자의 싸움으로, 현대의 최첨단 생명과학의 뿌리는 중세의 연금술에 있다는 그의 주장은 꽤 설득력 있게 다가온다.

이 책의 장점은 아무래도 다카시의 독특한 서술방식인 것 같다. 세계사를 모르는 일반인도 누구나 이해하기 쉽게 전체 숲을 그려주고, 그러면서도 나무가 지닌 특성이나 재질을 잘 살려놓았다. 근대는 분과학문의 시대였다. 어느 한 분야의 전문가들이 세상을 재단하고 행세하던 시대였다. 그러나 지금은 숲과 나무를 같이 볼 수 있는 통섭의 능력이 필요하다. 전체의 맥락을 잡지 못한 채 부분만 파고들다간 중요한 것을 놓친다. 맥락을 잡기 위해서는 역사공부가 필수다. 이런 점에서 다카시는 이 시대가 요구하는 지식인의 조건을 다 갖춘 셈이다.

이 책을 읽고 나서 나는 세계사에 대하여 지녔던 콤플렉스를 확 벗어버렸다. 한 권의 훌륭한 책은 또 다른 길을 제시해준다. '세계사' 라는 바다에 나는 한 걸음 다가선 것이다. 책을 읽다보면 우리가 왜 역사를 알아야 하는지를 깨닫게 된다. 오랜만에 만난 단비 같은 책이다. 한 인간이 쌓아올린 지성의 봉우리에 잠시나마 올라가본다는 것은 독서가 지닌 장점이다. 비록 잠시 머물다 곧 내려와야 하지만, 거인의 무등을 탄 이 기분은 무엇과도 바꿀 수 없다. 이런 기분을 나 혼자 즐기기에는 좀 아쉽다.

바다로 떠난 역사 여행

어쩌다가 역사와 깊은 연애를 하게 되었다. 특히 한국 고대사는 나를 매료시켰다. 타임머신을 타고 먼 옛날로 되돌아가 그들의 처지에서 유물을 바라보면 온갖 상상이 떠오르곤 했다. 무릇 공부란 가지를 뻗기 마련이다. 당연히 세계사로 호기심이 이어진다. 그런데 고등학교 때 배운 세계사는 문맥이 연결되지 않은 채 명사만 드문드문 떠오른다. 겨우 동네 뒷산을 오르는 실력으로 거대한 히말라야에 도전하려는 것과 무엇이 다른가. 그런데 구원군이 등장했다. 바로 문화로 읽는 세계사 공부다.

1930년대 프랑스를 중심으로 새로운 역사학파가 등장한다. 바로 '아날학파'다. 이전의 역사연구가 정치사와 정복사 중심이었다면, 아날학파가 주목한 것은 큰 그물에서 흘러버린 사소한 사건들이었다. 또, 동일한 사건일지라도 보는 시각에 따라서 다르게 해석된다는 다층적 해석에 주목한 것이다. 아날학파는 역사적 사건을 직선으로 바라보기보다 여러 각도로 바라보는 '두텁게 읽기'를 통해 다양한 의미를 캐내려는 입장이다. 역사란 언제나 시대와 상황에 따라 다르게 해석되지 않던가 말이다.

서양사학자인 주경철 교수가 지은 《문명과 바다》는 꽤 오랜 시간 내 시선에서 멀리 있었다. 이 책은 세계사를 바다의 관점에서 새롭게 바라보고 해석한 책이다. 흥미진진하게 펼쳐지는 '바다를 통해 본 세계사'는 전혀 새로운 맛이었다. 근대 과학기술과 항해술의 발달은 바다로 나아가고자 하는 인간의 욕망에 불을 지폈다. 육지로만 뻗어나갈 수 있었던 정복의 욕망은 바다로 향했다. 특히 콜럼버스의 항해 이후 세계는 바다로 통하게 된다. 값비싼 향신료를 가져와 벼락부자가 되고 싶었던 콜럼버스의 모험은 이후 세계 역사를 다시 쓰게 했다. 그러고 보니 콜럼버스는 지구의 글로벌화를 개척한 선구자인 셈이다.

이 책을 읽다 보면 과학의 발달이 과연 인간의 행복에 얼마나 이바지했는가, 에 대한 의문과 회의를 품게 된다. 과학이 인간을 고된 노동으로부터 해방시킨 것은 분명하다. 특히 평생 가사노동으로부터 벗어날 수 없었던 여성들에게 또 다른 삶을 선사한 것은 맞다. 하지만 빛이 있으면 그림자가 있기 마련이다. 바다로의 진출은 제국주의와 맞물려 식민지라는 역사를 잉태했다. 폭력과 수탈로 이어지는 식민지의 아픈 역사는 우리도 경험하지 않았던가. 아프리카에서 흑인들을 짐짝처럼 배에 싣고 와 노예무역을 한 부분을 읽다 보면 과연 인간이 동물과 무엇이 다른가, 라는 생각이 든다.

항해술은 토마토와 감자를 유럽에 전파했고, 예상치 못한 전염병이나 세균도 함께 퍼뜨린다. 일찍 바다로 진출했던 중국보다 국가와 자본이 결합한 서유럽이 바다의 주도권을 쥐게 된 이야기도 흥미진진하다. 망망대해 바다 위에서 살았던 선원들의 비참한 생활상, 노예무역의 그늘, 세계 화폐의 등장과 자원의 흐름, 음식이나 음료, 도자기, 염료, 총기 등이 어떻게 전 세계로 유통되고 퍼져 나갔는지도 이야기한다. 대항해의 역사에서 중요한 키워드인 언어와 종교도 빠뜨리지 않는다. 서구의 기독교가 전파되는 과정에서 인간의 세계관이 이렇게 비꺼는가, 오늘날 겪고 있는 환경이나 기후 문제도 근대의 결과물임을 설명한다.

대체로 역사책은 무겁다. 오랜 시간 동안 일어난 많은 사건을 다 읽어내겠다는 욕심은 역사공부를 포기하게 하는 한 요인이다. 일반 대중의 처지에서 보면 책을 끝까지 읽게 만드는 열쇠는 저자가 쥐고 있다. 저자인 주경철 교수의 글쓰기 실력은 단연 돋보인다. 무엇보다 동양인의 시각에서 서구를 바라보는 관점이 신선하고 명쾌하다. 사실 그동안 우리는 서구인이 쓴 그들의 역사를 맹목적으로 받아들이지 않았던가. 이제 그들의 시선에서 벗어나 과학기술이라는 신무기로 세계를 지배한 서구인의 역사를 다시 쓰고 읽어야 한다. 우리의 삶 역시 서구와 과학의 틀 안에서 허우적대고 있지 않은가. 그런 의미에서 이 책은 내 역사의식에 날개를 달아준 고마운 책이다.

책과 독서의 문화사

누구의 손도 타지 않은 새 책이다. 도서관에서 빌려온 책인데, 이런 횡재를 하다니. 책을 주로 사보는 나는 첫 장을 넘길 때 풀 먹인 모시옷 같은 뻣뻣한 감촉을 즐긴다. 새 책 특유의 냄새도 음미한다. 마치 울창한 대숲에 들어섰을 때 코끝을 스치는 바람의 향기 같다. 하얀 종이에 까만 글씨가 질서정연하게 배열된 속지를 펼치자 가슴이 뛴다. 《책과 독서의 문화사》(육영수 지음)는 이렇게 나와 만났다.

책의 역사는 꽤 길다. 그러나 독서의 역사는 그리 오래 되지 않았다. 특히 여성이나 시민계급이 자유롭게 독서를 할 수 있게 된 것은 최 근래의 일이다. 내가 어릴 때만 해도 여자가 책을 보면 아버지가 지겟작대기를 들고 불호령을 내리는 풍경을 심심찮게 보았다. 나는 성장과정에서 적어도 책이나 독서와 관련하여 차별을 받은 기억이 없다. 깨인 부모를 둔 덕분에 어떤 책이든 자유롭게 읽을 수 있었다.

인쇄술의 출현은 새로운 역사를 열었다. 책의 대량 생산과 보급이 가능해진 것이다. 더 많은 사람이 다양한 책을 읽게 되었고, 독서의 새 역사가 펼쳐진다. 한편에서는 금서 목록을 만들고, 독서를 억압한다. 기득권 집단에서 보면 시민 계급의 독서란 참으로 불경한 행위였으므로. 그들은 알고 있었다. "책에 담긴 통찰과 비판의 힘에 대한 두려움"을. 하지만 책을 감옥에 가두어도 책 속의 지혜는 담장을 넘어 훨훨 날아다녔다.

프랑스의 아날학파는 '새로운 역사학'을 개척한 학파다. 그들의 주장을 따르면 책이란 저자의 개인적 창작물인 동시에 "특정 사회와 세층의 싱격과 이해관계를 반영히는 거울"이다. 그래서 당대에 유행한 책은 문화의 기상도이며, 문화적 풍토에 접근하는 지름길이 된다는 주장이다. 각종 처세술이나 부자 되는 방법 따위의 책에 열광한다는 것은 우리 사회의 문화적 풍토가 그만큼 척박하다는 것을 반영한다.

독서란 개인의 취향이다. 또한, 특정 사회나 계층의 사회경제적 관계를 반영하는 기호이기도 하다. 2010년 한국 사회는 마이클 샌델의 《정의란 무엇인가》에 열광했다. 이런 현상은 우리 사회가 정의롭지 못하거나, 정의에 목말라한다는 것을 상징적으로 보여준다. 물론 이러한 집단 독서는 독자의 사고를 규격화하고, 여론몰이에 이용한다는 비판도 있다. 하지만, 동일한 텍스트라 할지라도 현명한 독자는 각자의 처지에서 소화하고 이해한다.

독서의 역사는 책을 독자가 "어떻게 수용하고 이해하며 전유하는지", 책을 통해 획득한 것을 통해 드러나는 "사회적 효과와 영향력이 무엇인지"에 주목한다. 무게 중심이 책에서 독자에게 넘어왔음을 말한다. 독서의 역사는 "책의 세상과 독자의 세상이 만나서 만드는 무늬와 파장"을 주시한다. 독서가 단지 지식의 습득으로 그치는 것은 별 의미가 없다. 세계를 바라보는 사유체계를 바꾸고, 어떻게 실천할 것이냐가 관건이다.

독자는 책이라는 바다를 유영하는 탐험가다. 또한, 상상의 세계를 마음껏 방랑하는 여행객이다. 책의 행간을 돌아다니며 보석을 캐내려 애를 쓴다. 그리고 책의 질서가 강요하는 간섭과 통제에 저항한다. 때로는 '창조적 오독'을 하면서 새로운 해석의 지평을 개척하기도 한다. 이제 '무엇을' 읽느냐보다 '어떻게' 읽느냐가 더 중요하다.

독서법은 당대의 사회상이나 역사성을 반영한다. 지금은 독서 방법과 실천적 의미에 주목할 필요가 있다. 꾸준히 증가하는 지식공동체는 이런 변화의 예고편이다. 숫자로 상징되는 질적 독서에서 양적 독서로 도약하기 위해서는 독서를 매개로 한 지식공동체나 토론모임이 많아져야 할 것이다. 그리고 나와 사회가 같이 변화해야 한다. 독서는 변혁의 씨앗이다.

세모에 다시 읽는 편지

본디 시간은 마디가 없다. 그러나 인간은 시간에다 마디를 부여하고, 초 단위로 쪼개놓았다. 어쩌면 유한한 생을 살아가는 인간이 영원한 시간을 붙잡아 두려는 몸부림인지도 모른다. 매일 겨울 산을 오르내린다. 겨울의 한가운데서 묵언 수행 중인 나목은 실존의 깊이를 느낄 수 있어서 더 아름답다. 한 해가 저무는 이맘때가 되면 경건한 의식을 치르듯 찾는 책이 한 권 있다.

간혹 새벽에 잠이 깨면 정좌하고 이 책을 읽곤 한다. 그런데 편안한 자세로 읽을 수가 없다. 책을 손에 들자 묵직한 무게감이 느껴진다. 아이들에게 물려주고 싶은 소중한 책이다. 당시 한정판으로 출판된 책을 운 좋게도 손에 넣을 수 있었다. 자산 가치를 떠나서 책에 담긴 정신과 사상을 후대에 전해주고 싶은 것이 솔직한 심정이다.

이 책은 활자체가 아니라 저자의 숨결이 고스란히 살아 있는 영인 본이다. 한 자 한 자 또박또박 눌러쓴 육필은 손 글씨가 지닌 가치와 아름다움을 가감없이 담고 있다. 편지가 지닌 놀라운 기록성과 가치도 재발견한다.

신영복 선생은 역사의 한가운데로 홀연히 뛰어든 인물이다. 나 같은 범인이야 상상조차 할 수 없는 고봉이지만, 감히 그가 남긴 사유의 족적을 따라가 본다. "독서는 타인의 사고를 반복함에 그칠 것이 아니라 생각거리를 얻는다는 데에 보다 참된 의의가 있다.", "세상이란 관조의 대상이 아니라 실천의 대상이다." 남한산성 육군교도소에서 하루에 두 장씩 지급되던 휴지에 쓴 사유의 흔적이다. 선생의 글은 한 인간이 극한의 상황에서 길어 올린 정화수와 같다. 신영복 선생의 글을 편하게 읽을 수 없는 까닭이다.

이 책을 읽노라면 저절로 허리를 곧추세우고, 경건한 의식을 치르는 것처럼 엄숙해진다. 마치 새벽예불이라도 드리는 사람 같다. 차츰 내 의식이 맑아진다. 나는 책을 읽을 때 중요한 문장이나 다시 음미하고 싶은 곳은 밑줄을 긋는 버릇이 있다. 그런데 이 책은 모든 문장에 줄을 그어야 할 상황이라 밑줄 긋기를 포기하고 말았다.

신영복 선생은 통일혁명당 사건으로 무기징역을 선고받는다. 그는 교도소에서 만 20년 20일을 복역하고 특별가석방 된다. 이 책은 징역살이 동안 가족에게 보낸 엽서와 편지를 묶은 것이다. 선생이 석방되자 친구들이 십시일반으로 돈을 모아 영인본으로 출간한 책이 바로 《엽서-신영복 옥중사색》(신영복 지음)이다. 맨 처음 이 책을 보았을 때 받았던 충격을 잊을 수가 없다. 한 인간이 지닌 견고한 정신세계가 놀라웠다. 기약 없는 징역살이 속에서도 역사와 인간에 대한 믿음의 끈을 놓지 않았다는 것도 경이로웠다. 선생은 "최고의 예술작품은 결국 훌륭한 인간, 훌륭한 역사라는 사실"을 온몸으로 증언한 사람이다.

검열도장이 선명하다. 감옥이라는 극한의 공간에서 빚은 저자의 사유는 그 깊이가 한량없다. 옆 사람을 증오하게 하는 교도소의 한여름에 그는 "수많은 타인을 만나고, 그들의 수많은 역사를 이해할 수 있는 귀중한 가능성"을 발견한다. 그의 사유는 어떤 대상에 머무르지 않는다. 인간과 역사, 문학과 사상, 자연과 사회, 저자 자신 등 종횡무진으로 사유와 성찰의 그물을 짜나간다. 얕은 지식으로 글을 써온 나 자신이 한없이 작아지는 순간이다.

시대가 길을 잃고 휘청거릴 때마다 많은 이들이 선생을 찾아간다. 선생의 공부와 사유는 관념적 차원에서 머물지 않는다. 늘 실천적 경계와 맞닿아있다. 세모다. 지난 시간에 대한 성찰과 반성 없이 맞이하는 새날은 역사가 아닌 반복되는 일상에 불과하다. "무엇을 자르고, 무엇을 잊으며, 무엇을 간직해야 할지" 신영복 선생의 연하장을 읽으며 새해를 맞는다.

제2장

책 읽는 여자는 위험하다

철학자와 함께 산책하기

　나는 철학자 김영민의 팬이다. 그의 글에 대한 일종의 중독증이다. 그의 책 《봄날은 간다》에 실린 글은 산문시처럼 간결하나 난해하다. 한 구절도 쉬 넘어가지 않는다. 그의 글은 누워서 편안히 읽을 수가 없다. 책상에 정자세로 앉아 한 구절 한 구절 또박또박 새김질하며 읽어나가야 한다. 그런데도 재미있다. 김영민의 글은 이미 많은 독자에게 어렵기로 정평이 나 있다. 글은 어려워야 제 맛이라 여기는 사람에게는 매력적인 저자다.

　이 책에 실린 글은 사소한 일상에서 부딪치고 조우하는 객체들을 철학자의 시선으로 붙잡고 사유한 결과물이다. 그래서 한적한 오솔길을 걷는듯 재미가 있다. 앞집 여자의 갑작스러운 방문, 강변 산책길에서 만나는 나무와 온갖 사물들, 산과 들에서 피어나는 우리 풀꽃에 대한 애정과 사유는 거의 경지에 다다랐다. 철학자의 발길을 따라가노라면 어느새 그의 옆에서 산책길에 들어선 나를 발견한다.

인문의 바다에서 뛰어난 감수성으로 건져 올린 글은 감각적이고도 고혹적이다. 그의 고독한 사유의 길을 따라 걷다보면 깊은 언어의 우물을 만나게 된다. 김영민의 언어에 대한 감각과 조어 능력은 실로 놀랍다. 순수 우리말은 물론이거니와 한자로 만든 새로운 단어들도 경이롭다. 동서양을 가로지르는 저자의 지식 광장은 깊고도 광활하다. 독서와 산책, 글쓰기로 이루어지는 그의 삶은 단조롭다. 이런 삶 속에서 탄생된 글이기에 웅숭깊다.

'외롭고 늙고 쓸쓸한' 그의 세계는 우울하지만 고아하다. 대학이라는 세속의 지식 집단을 박차고 나온 그는 밀양이라는 소도시에 몸을 부린다. 아무도 그를 알아보지 못하는 작은 도시에서 그는 읽고 사유하고 쓴다. 해질녘 강변을 따라 걷는 산책길이 세상과 만나는 접점이다. 얼마간의 거리를 두고 철학자의 시선으로 바라본 세상은 시대의 풍경으로 재탄생한다.

이 글을 읽노라면 한 인간의 내면에 침잠해있던 기억도 만난다. 하나의 사물을 보고 불현듯 솟아오르는 과거의 기억은 대체로 참혹한 상처로 되살아난다. "적빈과 가족사의 불행으로부터 패퇴"와 시대의 결핍이 낳은 모순을 온몸으로 경험한 그는 깊은 상흔들을 하나씩 떠올린다. 그런 풍경은 실은 그만의 특별한 것이 아닐 것이다. 인간 존재라면 누구나 지닌 상처다. 그의 글에 묻어나는 상처의 진물에 나도 시리고 아프다.

　김영민의 글은 난해하다. 그러나 이런 난해함이 매력이기도 하다. 그 역시 나처럼 이런 독서의 과정을 즐긴다. "이해할 수 없는 문장을 가-만-히 바라보는 일보다 더한 쾌락은 없다. 그런데 그 쾌락의 중요한 부분은 솟아오르는 직관을 사냥한 짐승의 모가지를 누르듯 지그시 밟는 일이다." 금방 다가오지 않는 문장을 오래 바라보다가 화살처럼 지나가는 직관을 지그시 누르면서 의미를 탐색한다. 그러다 보면 다양한 무늬가 직조된다. 이런 즐거움을 잊지 못해 다시 그의 책을 집어 드는지도 모른다.

농부 시인이 쓴 삶 이야기

　그는 농부다. 그리고 시도 쓴다. 그래서 세인들은 그를 농부 시인, 서정홍이라 부른다. 흰 머리만 늘었을 뿐, 웃음 가득한 얼굴은 그대로였다. 칠곡에 있는 마을도서관 '책마실' 행사장에서 서정홍 시인을 다시 만났다. 오래전 인연을 떠올리면서 인사를 했다. 여전히 건강하고 따스한 미소로 화답했다. 산문집과 동시집을 한 권 씩 샀다. 시인은 자신의 집에 다시 한번 놀러 오라며 사인을 해주었다.

　《부끄럽지 않은 밥상》(서정홍 지음)은 농부 시인이 살아가는 이야기다. 책에 실린 사진에서 시인이 직접 지은 작은 흙집을 보니 새삼 반갑다. 세월이 제법 흘렀지만, 그날의 기억은 또렷하게 되살아난다. 엄마와 아이들이 버스를 대절하여 황매산 자락의 작은 산골 마을을 찾아갔다. 쑥이 자랄 무렵이었으니 봄이 무르익기 시작할

즈음이었다.

산자락에 자리한 감나무밭에서 둥글게 선 우리는 '생명 평화 기원 발원문'을 한 구절씩 들으며 108배를 했다. 나는 그때 흙이 향기롭다는 것을 처음 느꼈다. 쑥도 캐고, 그의 착한 아내가 산과 들에서 뜯어온 갖은 나물로 만든 비빔밥도 맛있게 먹었다. 감나무가 있는 마당에 둘러앉아 마을 이야기도 듣고, 동네 구경도 했다. 이웃에 있는 사슴 농장에도 갔다. 책을 보니 그 농장의 '설매실 어르신'도 돌아가셨다고 한다. 아름답고 깨끗한 생태 화장실도 기억에 남는다.

그는 도시에서 농민 운동을 하다가 "제 손으로 배추 한 포기 심고 가꾸지 않으면서 농촌을 살리니 어쩌니 떠들고 돌아다녔던" 자신이 부끄러워 귀농했다. 그는 참 농사꾼이 되기 위해 우직하게 삽과 괭이로만 논밭을 일군다. 혹여 농기계에 몸통이 잘리게 될 다른 생명체를 염려해서다. 어느 봄날, 그가 휘두른 괭이에 다리가 잘린 개구리를 보고 쓴 시를 보면 가슴이 찡하다. 그는 실천하는 자연주의 농부다.

마을에서 가장 젊은 농부인 그는 점점 늘어나는 빈집과 혼자 사는 노인을 보며 돈만 좇아가는 세태를 따끔하게 비판한다. 자식들 모두 도시로 떠나고, 병든 몸을 이끌고도 농사를 짓은 노인들이 이 땅의 진정한 주인임을 깨닫는다. 혼자 사는 할머니 집에 전등도 갈아 끼워 주고, 병원에도 모시고 가고, 마을 아지매들과 일 년에 두어 번 찜질방에도 간다. 이웃과 더불어 살아가는 즐거움이 무엇인지 아는 사람이다. 그러면서도 그의 자세는 한없이 겸손하다. 마을 어르신들이 모두 자신의 스승이라고 말한다.

그가 쓴 글을 읽노라면 자꾸만 부끄러워진다. 한편으로는 가난하지만, '귀한 행복'을 느끼며 살아가는 그가 부럽다. 정직하고, 부지런하고, 착한 농부다. 그는 "하늘과 땅과 사람과 모든 생명들과 어울려 기쁜 마음으로 일하는 사람이 진짜 농부"라고 말한다. 봄부터 가을까지 농부의 정직한 손길로 열매 맺는 곡식을 대하는 자세는 경건하다 못해 엄숙하다. "쌀 한 알을 목숨처럼 여기고 감사해야 한다."고 힘주어 말한다. 다 떨어진 곡식 포대를 깁고 있는 아흔 살의 '인동 할머니'는 실천하는 환경운동가라고 주장한다. 사람을 사람 자체로 대접하는 젊은 농부 시인이 살아있는 성자 같다.

그의 작은 흙집에는 늘 사람이 찾아온다. 조건 없는 나눔을 통해 스스로 자유인이 된다. 가난한 농부 시인이지만 이 세상 누구보다 떳떳하고 부자인 사람이다. 그의 글은 나를 돌아보게 한다. 화려한 언어의 성찬이 아니라 진솔하고 소박하기에 더 큰 감동을 안겨준다. 자연과 부대끼며 배운 참된 행복에 대하여 온몸으로 쓴 글이기 때문이리라. 꽃 피는 새봄이 오면 그때 같이 갔던 친구들과 농부 시인의 집에 한번 가리라. 그래서 도시의 욕망에 찌든 내 영혼을 씻고 와야겠다.

다시 희망을 꿈꾸고 싶다

가끔 길을 잃고 헤맬 때가 있다. 앞이 보이지 않는 현실에 절망하거나, 내가 누군지 잘 모를 때다. 그럴 때마다 찾는 책이 있다. 트리나 폴러스의 《꽃들에게 희망을》이다. 표지에 이런 글귀가 눈에 띈다. "삶과 진정한 혁명에 대한, 그러나 무엇보다도 희망에 대한 이야기" 표지 그림에 애벌레 두 마리가 노랑나비를 쳐다보고 있다. 언뜻 보면 동화책 같다. 그렇다. 이 책은 삶을 의미 있게 살아가려는 사람들에게 들려주는 한 편의 철학 동화다. 진지하고 사색적이다. 한 장 한 장 넘기는 동안 나를 돌아보게 한다.

알에서 깨어난 애벌레들은 꼭대기로 기어오른다. 꼭대기에 무엇이 있는지는 아무도 모른다. 애벌레들은 서로 짓밟고 떨어뜨리면서 경쟁한다. 오로지 꼭대기를 향해 오를 뿐, 친구도 우정도 없다. 그런데 온갖 고생을 하며 올라간 꼭대기에는 아무것도 없다. 주변에는 다른 애벌레들의 기둥이 여기저기 보인다. 애벌레 기둥은 21세기 현대인들이 쌓은 욕망의 바벨탑이다.

더 큰 아파트, 더 좋은 차, 더 높은 연봉이 모두의 꿈이자 희망인 나라. 아이나 어른 할 것 없이 부자가 꿈인 나라, 무언가 이상하지 않은가. 물질적 가치만 추구하는 곳에는 역으로 정신적 가난이 극대화된다. 내가 가장 하고 싶은 것은 무엇인지, 무엇을 하면 행복할 수 있는지 따위에 대한 고민이 없다. 그저 경쟁력만 강조한다. 치열한 경쟁으로 도달한 그곳에는 행복의 나라가 펼쳐지는가. 아니다. 더 잔인한 경쟁논리가 기다리고 있다.

경쟁의 논리만 지배하는 세상에는 다른 가치가 끼어들 여백이 없다. 내가 무엇을 하고 싶은지, 어떻게 사는 것이 가치 있고 보람 있을까, 에 대한 고민 따위는 없다. 또한, 인간이면 마땅히 배워야 할 연대의식이나 나눔의 가치 같은 것도 배척된다. 여기저기 수많은 욕망의 기둥이 서 있는 곳은 사막과도 같다. 꽃도 나무도 샘물도 없다. 생명이 없는 황무지의 세계다.

쥐들이 마구 달린다. 옆도 돌아보지 않고 전력으로 질주한다. 바닷가 절벽에 다다르자 앞장서던 쥐는 망설임 없이 바다로 뛰어든다. 그 곳이 사지라는 것을 생각하지 못하는 나머지 쥐들도 뒤를 따른다. 어느 영화에서 본 장면이다. 명문대학 입학을 향해 전 국민이 달려가는 이 땅의 풍경이 바다를 향해 뛰어드는 쥐들과 다름없지 않은가. 애벌레들은 꼭대기에 무엇이 있는지, 꼭대기로 올라가는 이 길이 행복한지 회의하지 않는다. 손에 잡히지 않는 추상적인 성공을 향해 달리는 인간과 다를 바 없다. 무한 경쟁의 논리는 삶을 황폐하게 한다.

호랑 애벌레와 노랑 애벌레는 회의한다. "이게 삶의 전부는 아닐 거야. 무언가가 더 있는 게 분명해." 애벌레 기둥에서 내려온 두 마리의 애벌레는 다른 꿈을 꾸게 된다. 이 꽃에서 저 꽃으로 사랑의 씨앗을 날라주는 나비가 되려는 꿈. 고치 속에서 긴 어둠의 시간을 견딘 애벌레는 드디어 아름다운 한 마리 나비로 탄생한다. 자신만의 꿈을 실현한 나비는 새로운 가치를 발견한다. 꽃들에게 희망을 주는 존재로 거듭난다. 꽃과 나비는 경쟁이 아닌 공존의 관계다. 서로에게 희망을 주는 존재가 된다는 것, 그 자체만으로도 충분한 가치가 있지 않은가.

나도 누군가에게 희망을 주는 존재가 된다면 삶이 훨씬 신나고 재미있을 것이다. 이 책은 내게 나비의 꿈을 심어주었다. 세상을 탓하기에는 현실이 너무 절박하다. 내 안의 욕망 구도를 바꾸어야 한다. 누구도 승자가 될 수 없는 기둥에서 내려와 또 다른 희망을 꿈꾸어보자. 혼자서 힘들다면 꿈이 비슷한 사람끼리 함께하면 된다. 나비가 없으면 꽃들도 세상에서 곧 사라지게 되리라. 꽃이 사라진 지구는 더는 생명이 피어날 수 없게 된다. 물질의 노예에서 벗어나 각자가 원하는 꿈을 찾아가야 하지 않겠는가. 꽃들에게 희망을 주는 한 마리 나비가 되는 꿈을.

노인의 신념과 손이 만든 기적

책에도 색깔과 맛이 있다. 장 지오노의 《나무를 심은 사람》은 아무런 장식이나 조미료가 가미되지 않은 그런 작품이다. 그래서 곱씹을수록 단맛이 우러난다. 여러 번 읽어야 작품이 지닌 깊이와 의미를 제대로 느낄 수 있다는 말이다. 명작은 해설이 필요 없다. 말을 덧댈수록 작품의 가치를 훼손할 수도 있기 때문이다. 이 작품은 수업 중에 한 열 번쯤 읽었다. 깊은 우물에서 길어 올린 샘물처럼 달고 시원한 맛이 느껴지는 명작이다.

고구려 고분벽화에 나무가 자주 등장한다. 고대인에게 나무는 다산과 풍요의 상징물이다. 땅에 뿌리를 내리고 가지는 하늘로 뻗어 올라가는 나무의 모습은 장엄하고 신성하게 느껴졌을 것이다. 인간도 나무처럼 지상에서 천상으로 비상하고 싶었으리라. 그래서 마을

마다 당산나무를 심고 해마다 동제를 지냈던 것이다. 나무는 인간에게 신앙의 대상이며, 신성의 상징이었다. 자연에 대한 인간의 겸손이다. 시골 마을을 지나가다가 당산나무를 만나면 그저 경이롭다. 당산나무를 통해 마을의 역사와 전통을 가늠할 수 있다.

삶이 복잡해지면 정신의 피로도 가중된다. 삶을 간소하게 살자고 매번 다짐하지만, 이런 결심은 번번이 무너진다. 나를 둘러싼 환경을 바꾸지 못하기 때문이다. 비우고, 내려놓고, 얼마간의 가난과 외로움을 감수할 각오가 있어야 도시를 떠날 수 있다. 엘지아르 부피에 노인은 나이 쉰이 넘어 새로운 길을 선택한다. 많은 이들이 아무것도 할 수 없는 나이라고 체념할 때 그는 나무를 심기 시작한다. 그것도 황무지에. 한 인간의 용기와 신념이 얼마나 많은 것을 변화시키고 바꿀 수 있는지를 노인은 삶으로 증언한다.

자신의 전부였던 가족을 잃은 부피에 노인은 고통을 이기기 위해 사람이 살지 않는 산 속으로 거처를 옮긴다. 하늘이 무너지는 슬픔을 당한 이에게 위로라고 건네는 말이 더 큰 상처가 될 때도 있다. 인간의 언어란 얼마나 불완전하던가. 오히려 침묵이 어떤 말보다 더 큰 위안이 된다. 엘지아르 부피에 노인도 침묵으로 슬픔을 이겨낸다. 말이 필요 없는 곳에서 그는 자연을 위안 삼아 슬픔을 극복했을 것이다. 오히려 침묵하는 자연이 노인에게는 더 큰 위안이 되었으리라. 아니, 어쩌면 그는 자연이 들려주는 신의 목소리를 들었는지도 모른다.

"그 사람은 말이 거의 없었는데, 그것은 고독하게 살아가는 사람들의 특징이었다. 하지만 그는 자신에 차 있고 확신과 자부심을 갖고 있는 사람으로 느껴졌다." 고독은 인간의 에너지를 내면으로 향하게 한다. 몰입은 확신과 자부심을 잉태한다. 목적이 배제된 '무목적의 목적성'이 한 노인을 그토록 신념에 찬 인간으로 만들어주었을 것이다. 도토리 열매를 심고 가꾸는 노인의 모습은 성자에 가깝다. 그 스스로 자연이 되지 않고서는 결코 감내할 수 없는 시련과 어려움을 이겨내고 마침내 황무지가 숲으로 변하는 기적을 만든다.

나무가 사라진 황무지에는 어떤 생명체도 자라지 못한다. 나무가 사라지자 계곡의 물도 말라버린다. 바람이 물을 증발시켜 버린다. 황무지에 부는 바람은 어지럽다. 거침없이 달려가는 바람 때문에 지상의 모든 것은 안착하지 못한 채 정처 없이 떠돈다. 바람은 사람의 정신을 흩어놓는다. 그러나 숲을 지나는 바람에는 나무의 향기가 묻어난다. 숲이 바람의 야생성을 순화시켜 주기 때문이다. 물이 말라버린 곳에는 생명체가 자랄 수도 없고, 사람도 살지 못한다. 무릇 물이란 모든 생명의 근원이다. 부피에 노인이 심은 나무가 자라 숲을 이루자 비로소 계곡에도 물소리가 들여온다. 숲은 느리게 변화한다. 땅 밑에서 흐르는 물이 나무에게 생명의 수액을 공급한다. 숲에는 비로소 새로운 자연의 질서가 형성된다.

문명을 창조한 인간의 손은 위대하다. 손으로 도구를 만들고, 활용하는 기술을 통해 문명의 진화를 이룩했다. 인간의 손이란 파괴도 하지만 창조도 가능하다. 부피에 노인이 산 속에서 홀로 나무를 심고 가꾸는 동안 세상 밖에서는 두 차례 세계대전이 일어난다. 전쟁이란 모든 것을 파괴한다. 폭력과 살상과 문명의 퇴보다. 한편, 다른 한 쪽에서는 생명을 심고 가꾸는 창조가 이루어진 것이다. 엘지아르 부피에 노인의 거친 손은 창조의 싹을 틔운다. 노인이 손수 심고 가꾼 나무들이 생명의 근원인 숲을 스스로 만들어 간다.

"창조란 꼬리를 물고 새로운 결과를 가져오는 것 같았다." 그렇다. 부피에 노인이 나무를 심은 일은 창조의 출발점이었다. 숲이 우거지자 계곡에 물이 흐르고, 떠났던 사람들도 다시 돌아왔다. 젊은 이들도 귀농하여 마을에는 언제나 활기가 넘쳐난다. 한 노인이 시작한 작은 일은 더 큰 창조로 이어진다. 다만 그 시작이 어려울 뿐이다. 아마도 부피에 노인도 예상하지 못한 결과일 것이다. 실은 인류가 이룩한 위대한 업적도 따지고 보면 호기심 많고 용기 있는 한 인간의 작은 시도가 낳은 산물이지 않는가.

"그를 생각할 때마다 나는 신에게나 어울릴 이런 일을 훌륭하게 해낸 배운 것 없는 늙은 농부에게 크나큰 존경심을 품게 된다." 한 길을 묵묵히 걸어간 인간에 대한 최고의 찬사다. 주인공은 배운 것 없는 늙은 농부다. 그 훌륭한 일이란 다름 아닌 나무를 심어 숲을 가꾼 것이고, 그런 훌륭한 일을 한 주인공은 '엘지아르 부피에' 노인이다. 그의 삶이 던지는 화두는 단순하지만 어려운 길이다. 늙은 농부는 말한다. 간소한 행장을 꾸려 자기만의 길을 떠나라고.

책 읽는 여자는 위험하다

제목이 도발적이다. 《책 읽는 여자는 위험하다》(슈테판 볼만 지음)를 보는 순간 강한 호기심이 발동한다. 책은 남녀노소를 불문하고 교양의 필수 품목이 아니던가. 그런데 여자가 책을 읽으면 위험하다니, 무언가 은밀한 비밀을 담고 있는 것 같다. 철학자이자 작가였던 사르트르(Jean Paul Sartre)는 책이 품고 있는 '불온한 사상'을 잘 알고 있었다. 그는 이렇게 말했다. "독서는 자유로운 꿈"이라고. 독서라는 행위 속에 내포된 창조적 자유와 상상력의 힘을 간파한 아포리즘이다.

내 삶에서 30대는 불가마와도 같은 시간이었다. 그때 찾은 출구가 책이었다. 어쩌면 살기 위해 스스로 찾아간 동굴과도 같은 안식처였는지도 모른다. 나만의 망명정부를 세우고 나는 매일 책과의 밀애를 즐겼다. 책과 함께하는 동안은 누구의 간섭도 받지 않은 완벽한 밀실을 구축했던 것이다. 마치 굶주린 짐승처럼 게걸스럽게 활자에 탐닉했다. 손에 잡히는 대로 '무정부주의적인 독서'를 하면서 고독한 나만의 세계로 침잠해 들어갔다. 그 당시 독서는 내가 "삶을 살고 견디도록 이끌고 고무하게" 이끌어준 동력이었다.

"독서의 역사에서 여자는 종이에 적힌 단어의 그물 속으로 날아들어온 작은 파리에 불과하다. 그들은 구경꾼이었다." 두브라브카 우그레시치가 쓴 《독서의 금지》에 나오는 말이다. 여기서 말하는 구경꾼이란 여성을 지칭한다. 여성이 자유롭게 독서를 할 수 있었던 역사는 그리 길지 않다. 인간 역사에서 많은 시간 동안 독서는 남성 혹은 귀족의 전유물이었다. 가정과 공동체의 울타리 안에 갇혀 있던 여자들은 책이 대량 생산되기 시작하는 근대에 와서야 책을 통해 세상과 만났다. 책을 읽으면서 여자는 비로소 '자기만의 방'을 가지게 된 것이다.

독서라는 행위는 사고력을 동반한다. 책을 읽는 사람은 깊이 생각하게 되고, 생각하는 사람은 자신만의 생각을 지니게 된다. 독서를 하면서 의식이 싹트고, 세계관이 자란다. 즉 자의식을 지닌 존재로 거듭나게 된다. 책을 읽은 여성은 자신만의 가치관이나 세계관을 지닌 존재자가 되어 기존의 도덕이나 가치에 대하여 의심하고 회의하게 된다. 독서를 통해 여성은 어둠의 방에서 세상 밖으로 나오게 된다.

의식을 가진 인간은 기존의 도덕이나 질서에 대해 비판적이다.

그래서 권력을 지닌 남성이나 지배자의 처지에서 보면 '책 읽는 여자'는 위험한 존재다. 시인 고트프리트 벤(Gottfried Benn)의 말처럼 남자는 여자를 통해서 두뇌가 아니라, 전혀 다른 곳이 자극받기를 원한다. 그럼에도 지금 이 시대 많은 여자는 책을 읽는다. 그녀들은 책 속에서 꿈을 꾸고, 예민한 감수성으로 정신의 지평을 넓혀갈 수 있기 때문이다.

책에 몰입하는 여성의 모습은 매혹적이다. 그래서인지 화가들도 책 읽는 여자를 즐겨 그렸다. 그녀들은 "예의 바르게 자신의 고립감과 존재감을 드러내기" 때문이리라. 감청색의 밤하늘이 펼쳐진 창가에서 책을 읽는 여자의 모습은 아름답다. 책 읽는 여성은 자신의 운명을 스스로 만들어간다. 설사 그 운명의 길이 세상과 좀 어긋난들 어쩌랴. 그런 어긋남 속에 뜨거운 감동이 숨어 있다면.

여자가 즐겨 읽는 문학작품은 삶에 대한 통찰력을 길러준다. 기존의 질서와 권력 체계에 길들여진 자신을 발견하는 것은 독서를 통해 길러진 통찰력의 결과물이다. 존재의 자각이자 자의식의 발아다. 책은 여자에게 스스로를 옭아매던 구속과 순종의 굴레를 벗어나라고 가르쳐준다. 독서가 의식의 혁명을 가져온다는 말이다. 필연적으로 책 읽는 여자는 불온한 상상과 저항의 꿈을 꾸게 된다. 나는 앞으로도 기꺼이 위험한 여자로 살아갈 것이다.

긍정의 과잉과 피로사회

나는 직업이 지식소매상이다. 처음에는 학교 밖 강의실에서 일반인을 대상으로 강의를 했다. 어디에도 소속되지 않은 프리랜서로 활동해왔다. 내가 맡은 강의만 수행하면 나머지 시간은 자유롭다. 그런데 그 자유가 진정한 여유를 동반하느냐? 그렇지 않다. 일주일에 서너 곳을 돌아다니면서 강의를 했지만, 경제적 대가나 사회적 지위는 늘 그 자리에 머물렀다. 내 자신이 끊임없이 소모된다는 느낌을 지울 수 없었다.

지식을 계속 충전해야 살아남을 수 있다는 강박증, 들어오는 강의를 거절하면 다음 기회조차 없다는 현실 앞에서 끊임없이 자신을 채찍질하며 살아왔다. 강의를 시작하면 각 기관에서 요구하는 조건에 맞추어 계약을 한다. 그런데 나는 언제나 을의 위치였다. 갑이

요구하는 조건을 하나라도 지키지 않으면 계약해지라는 전제조건이 늘 명시된다. 갑의 일방적이고 불평등한 계약조건 앞에서 난 그대로 복종하거나 순종해야 살아남을 수 있었다. 그때마다 느껴야했던 자괴감과 모멸감은 깊은 상처로 남아있다.

재독 철학자 한병철이 쓴 《피로사회》는 이러한 내 삶에 대한 사회학적 철학적 진단을 정확히 집어준 책이다. 자기 착취와 자기 소멸에 시달리는 후기 근대사회를 그는 "긍정성의 과잉에서 비롯된 피로사회"라 칭한다. 타자에 대한 면역학적 패러다임이 지배했던 근대가 저물고, 성과사회와 성과주체가 스스로를 억압하고 폭력적 구조 속에 가두는 지금 사회는 극도로 피로한 사회라는 진단이다. 이런 긍정성의 과잉과 성과위주의 사회에서 자본은 현상 뒤에 숨어버린다. 그러면서 개인 즉 주체적 자아를 전면에 내세워 더욱 교묘한 방법으로 착취하고 억압한다는 것이 그의 주장이다.

후기 근대사회에서 개인적 주체는 자유와 선택의 권한을 가진다. 그런데 그 자유와 선택은 스스로를 소진하고 우울하게 만든다. 느림의 미학이나 깊은 사색, 좋은 삶에 대한 고민 따위는 끼어들지 못한다. 자신의 능력을 넘어서는 과잉기대가 무한경쟁을 초래하고, 무한경쟁에서 낙오된 개인은 무력감과 우울증에 빠지게 된다는 논리다. 현대의 대표적 질병인 우울증은 집단과 관계에서 이탈된 자아가 무중력 상태에 빠진 것을 말한다.

저자는 "나는 무엇이든 할 수 있다."라는 구호나 "꿈은 이루어진다."라는 외침 속에 숨은 폭력성과 자기착취의 그림자를 읽어야 한다고 강변한다. 인간이 어디 그렇게 전지전능한 존재이던가. 나약하기 짝이 없는 불완전한 존재가 인간이다. 그런데 후기자본주의는 자본의 자기증식을 위해 집단적 규제와 억압에서 개개인을 분리시켜 놓은 채 '순응적 합의' 하에 '영혼의 경색'을 가져온다. 주체는 스스로 자유롭다고 믿지만 실은 복잡하고 이중적인 관계망 속에서 결박당한 채 살아가고 있다. 그러면서 일상의 피로가 누적되고 결국에는 지쳐나가 떨어진다.

현대인은 "피곤하다."라는 말을 입에 달고 산다. "피로는 폭력이다. 그것은 모든 공동체, 모든 공동의 삶, 모든 친밀함을 심지어 언어 자체마저 파괴했다." 나도 하루 일과를 서너 건씩 수행하고 집으로 돌아온 날은 정신적 육체적 탈진상태에 다다른다. 극도로 피폐해진 상태에서 나도 모르게 폭력적 성향을 드러낸다. 심신이 피로하니 언어가 거칠어지고, 타자나 공동체에 대한 관심과 배려 같은 마음의 여유는 점점 사라진다. 수액이 다 빠져버린 말라비틀어진 왜곡된 자아를 바라보는 것은 이제 일상이 되었다.

현대 철학자 푸코(Michel Foucau)가 규정한 20세기 규율사회는 "병원, 정신병자, 감옥, 병영, 공장"이라는 단어로 정리된다. 그러나 21세기 성과사회는 "피트니스 클럽, 오피스 빌딩, 은행, 공항, 쇼핑몰, 유전자 실험실"라는 공간으로 규정한다. 우리가 주로 머무는 공간의 의미를 몇 개의 단어로 요약하다니 실로 놀랍다. 이런 공간은 소비와 자본으로 엮어진다. 자본을 만들고 소비하기 위해 현대인은 계속 자아를 피로상태로 몰아넣는다는 것이 현병철의 주장이다.

이 책의 또 다른 묘미는 문학적 장치가 풍부한 문체의 맛이다. "심심함이란 속에 가장 열정적이고 화려한 안감을 댄 따뜻한 잿빛 수건이다." 혹은 "우리는 꿈꿀 때 이 수건으로 몸을 감싼다." "수건 안감의 아라베스크 무늬 속에서 안식한다." 등의 문장은 감탄스럽다. 문학적 비유로 엮어지는 개념 정의를 읽노라면 이 책이 철학서인지 문학서인지 헷갈릴 정도다. 저자는 "깊은 심심함"이란 신조어를 만들었다. 이 단어를 혼자 중얼거려본다. 잘근잘근 되씹을수록 의미가 조금씩 확장된다. '깊은 심심함'은 그냥 무위한 심심함이 아니다. 그 속에 창조의 씨앗을 품고 있는 사색적 과정이다.

한 장씩 읽을 때마다 밑줄을 긋고 메모를 했다. 수많은 단어들이 자연스레 떠올랐나. 사유의 즐거움을 충분히 즐기면서 읽은 책이다. 이 책은 내가 머물고 있는 사회의 모순과 구조적 한계를 명쾌하게 정리해 주었다. 무엇보다 내가 발 딛고 살아가는 실존적 현실에 대하여 본질을 꿰뚫어보는 통찰력을 배울 수 있었던 고마운 책이다. 철학서는 느긋하게 누워서 읽을 수 없다. 처음부터 끝까지 긴장감을 가지고 단어가 내포한 개념을 정리하고, 문맥을 따라가야 이해가 가능하다. 그래서 두뇌의 피로가 빨리 온다. 독서의 깊은 맛을 느낀 책이다.

동심의 화가 김점선

　"어떤 여자가 자기는 매우 개인적이며 독자적인 인생을 산다고 생각하면서 살았다." 책 서문의 첫 문장이다. 그렇다. 이 문장만큼 김점선의 생은 독특하고 개성적이다. 그녀는 화가이다. 그런데 글도 잘 쓴다. 또 엄청난 독서를 한 독서가이기도 하다. 신은 한 사람에게 많은 재능을 주지 않는다는데, 김점선은 타고난 재능이 많은 사람이다. 내가 보니 김점선은 천재다.

　가끔 시대의 한계를 뛰어넘는 천재를 만난다. 대부분 천재들의 삶은 불행했다. 시대와의 불화를 겪을 수밖에 없는 천재들의 운명은 당대의 중심에서 밀려나기 마련이다. 설사 시대의 중심부에서 온갖 부와 권력을 누렸다 해도 그들 역시 시대의 몰락과 함께 소멸해갔다. 역사에 남은 화가들의 명성은 대체로 사후 후대인의 찬사다. 고흐가 그랬고, 혜원이 그렇다. 그런데 김점선은 강력한 힘으로 시대의 중심부를 뚫고 나갔다. 그래서인지 그의 삶이나 그림에는 상처가 거의 없다. 그는 운이 좋은 천재였다.

그의 그림을 보고 있으면 내 겨드랑이에 날개가 달려 하늘로 날아가는 것 같다. 정신세계가 워낙 강렬해 감정이입이 순식간에 이루어진다. 그래서 나를 결박하던 것들로부터 자유로워진다. 오리도 날아다니고, 말고 날고, 꽃도 난다. 화가 자신도 겨드랑이에 말 갈퀴 같은 것이 돋아나 훨훨 난다. 그는 진정한 자유인이었다. 아쉽게도 암이 그의 생을 재촉했다.

그녀의 그림은 단순하다. 마치 어린 아이가 그린 그림 같다. 기교나 장식이 모두 배제된 순수함만이 남은 그림이다. 언뜻 보면 원시미술 같다. 인간의 원초적 감성을 자극하는 매력이 숨어 있다. 그녀의 글을 읽어보면 그의 그림에 더 공감할 수 있다. 그림을 한참 들여다보고 있으면 순수했던 동심의 세계로 들어간다. 아무런 허위의식이나 가식이 없는 본질에 다가가 해맑은 정신세계와 조우하는 느낌은 정말 기분 좋다.

글에도 가식이 전혀 없다. 독자와 마주 앉아 자신이 살아온 이야기를 수다 떨듯이 펼쳐 보인다. 내면의 자아와 외부의 자아 사이에 간극이 거의 없는 일체형 인간이다. 이 두 자아 사이의 간극이 멀어질수록 인간은 피곤해진다. 그러니 그의 말과 행동이 때론 충격적이다. 감추는 것 없이 너무 솔직하게 털어놓는 바람에 오히려 독자가 당혹스러울 때도 많다. 그런데 속이 시원하다. 어쩌면 내가 갈망하던 자유인의 모습을 그에게서 발견했는지도 모른다.

김점선은 일체의 형식적 의례를 거부한다. 평생 동안 입학식, 졸업식, 결혼식 같은 것에 안 하고 살았다. 심지어 아들의 결혼식에도 시누이 내외가 혼주석에 앉고 정작 자신은 반바지 차림으로 하객석에 앉아 있었다고 한다. 어찌 보면 기행에 가까운 그의 말과 행동은 이상하게 보일 수도 있다. 그러나 그는 누구보다 정의롭고, 가치기준이 뚜렷한 자의식을 지닌 사람이다. 사회가 만든 금기와 의례를 거부하며 산다는 것이 얼마나 힘든 일인가. 그런데 김점선은 너무 쉽고 자연스럽게 그런 선을 넘어버린다. 그는 진정한 예술가였다.

그는 지독한 독서가다. 지적 호기심이 발동하면 밤새 책을 읽고 생각했다. 책을 읽고 나면 그는 스스로에게 질문을 던지고, 그 질문에 명확한 답이 정립될 때까지 생각하고 또 생각한다고 한다. 이런 사유습관은 학창시절 내내 지속된다. 그리고 한국전쟁 때 배로 피난 오면서 시작된 배 멀미 때문에 그는 여행을 극도로 싫어한다. 수학여행도 안 가고 혼자 대학교 기숙사에 남아 며칠 동안 책만 파고들 정도로 독서를 즐긴다. 깊이 폭넓게 읽는 독서습관은 어린 시절부터 비롯된 독특한 사고의 발로였다. 대학에 들어와서는 영어로만 된 책을 탐독할 정도로 그의 독서 이력은 놀랍다.

그의 그림은 이러한 독서의 토대 위에서 탄생한다. 자신의 그림에 대한 이론적 변호와 미술을 철학의 차원으로 끌어올리는 힘의 원천이 독서였던 셈이다. "예전에 읽었던 책들이 나에게 준 힘이다. 오래전에 살았던 인류의 어른들이 내게 책을 통해 전해준 그들의 힘이다.” “젊어서 두뇌체조를 열심히 한 것이 평생의 정신적인 힘이 되었음을 그림을 그리면서 천천히 알게 되었다.” 그래서인지 그의 그림에는 깊은 삶의 철학과 시공을 초월하는 자유가 있다.

그녀는 말을 즐겨 그린다. 그림 속에는 말과 꽃, 나비, 동물 등이 등장한다. “오히려 생각을 더 많이 해서 생각이 가지게 되는 해석마저 제거해야 그림이 그려진다.” 고 주장하는 그의 말처럼 그의 그림에는 군더더기가 없다. 너무 단순해서 쉽게 다가가지 못할 때도 있다. 사물이나 대상의 본질을 포착하는 그의 심안은 놀랍다. 화가의 깊은 사유를 통해 걸러진 대상은 그만의 색감으로 표현된다. 그의 색은 밝고 따스하다. 칙칙하지 않아서 좋다. 나는 요즘 김점선의 그림을 보며 혼자 즐겁게 노닌다.

새벽까지 읽은 책 한 권

실로 얼마 만이던가. 책에서 눈을 뗄 수가 없어 다음날 새벽까지
내처 다 읽고서야 잠자리에 들었다. 재미있고도 유쾌한 책이다. 오
랜 세월 내 의식을 누르고 있던 돌덩이 하나를 가볍게 덜어낸 기분
이다. 솔직하지만 거칠지 않다. 그러면서 할 말은 다 하는 저자의
재주가 부럽다. 전직 검사 출신에다 법학대학원 교수라는 사람이
우리 사회의 금기를 하나씩 툭툭 건드리면서 자신의 의식을 확장해
나가는 재주가 놀랍다.

글이 참 솔직하다. 사회적 체면 따위는 얌전히 내려놓고 자신의
속내를 한 꺼풀씩 까발린다. 선을 하나씩 넘을 때마다 독자인 나도
짜릿한 쾌감을 느낀다.《욕망해도 괜찮아》(김두식 지음) 대학 강단
에 선 사람이라면 자신도 모르게 나오는 가르치려는 설교조가 아니

라서 더 맘에 든다. 인간이라면 누구나 내면에 간직하고 또 고민했을 법한 상식의 이야기를 자연스럽게 풀어낸다. 이런 솔직함이 나를 새벽까지 잠 못 들게 한 이유라니 속은 기분이다. 그런데도 기분은 아주 좋다.

현실과 욕망과의 거리가 가까울수록 행복하다. 관계중심의 유교문화가 강하게 작동하는 경상도에서 나고 자란 나는 내 안의 나와 밖의 내가 따로 노는 이중성을 '타인에 대한 예의'라는 명분으로 교육받았다. 그런 연극배우 같은 역할에 의문과 회의가 밀려오자 멘탈 붕괴 현상이 일어났다. 뒤죽박죽된 내면의 풍경 앞에 길을 잃고 헤매었지만 누구도 손을 내밀어주지 않았다. 인생이 행복하지 않았다. 스트레스 지수가 극에 달하면 미친 듯이 책을 읽거나 술을 마시거나 길을 떠났다.

작가 박완서는 소설이라는 허구의 양식을 빌려 중산층의 이중성과 위선을 낱낱이 까발린다. 겉으론 온갖 교양과 점잖을 떨면서 자신의 가족이나 이해관계에 대해선 철저히 이기적인 인간의 모습을 고발한다. 그런 소설을 읽을 때마다 나는 통쾌하기도 했다. 하지만 박완서의 작품은 도덕선생님의 훈계를 듣는 것 같아 어딘지 불편했던 것도 사실이다. 교과서에서 배운 대로 살고 싶지만, 그런 당위성이 내 앞에 닥치면 뒤로 숨어버리는 게 인간이 아니던가. 그런데 이책은 그런 채무감이나 죄의식을 한 방에 훅 날려버린다. 전직 검사 출신의 법대 교수라고 점잖을 떨지 않는다. 오히려 이렇게 가벼워도 되나 싶을 정도로 발랄 유쾌하다.

우리 사회가 가진 이중성은 개인의 삶을 별로 행복하게 해주지 못한다. 내 안의 욕망과 사회의 계율이 충돌하는 곳에서 인간으로서 존엄성은커녕 최소한의 양심도 지키지 못한다. 불특정 다수를 향한 분노가 모여 마녀사냥을 해대는 사냥터가 된 인터넷 공간을 보면 알 수 있다. 저자는 우선 자신의 안에서 꿈틀대는 욕망을 관찰하고 그 욕구를 조금씩 확장하라고 조심스레 조언한다. 저자 김두식은 프랑스 출신의 문화인류학자인 르네 지라르(Rene Girard)의 말을 빌려 이렇게 말한다. "인간은 강렬하게 욕망하면서도, 무엇을 욕망하는지 정확하게 알지 못하는 존재"라고. 내가 무엇을 원하는지 조용히 내면을 들여다보자.

단군 이래로 이처럼 개인의 욕망이 춤을 추던 시대가 있었을까. 비교적 점잖을 떠는 신문 칼럼부터 유행가 가사까지, 아이부터 어른까지 욕망을 노래하건만 왜 우리의 삶은 점점 각박해지고 자살자는 계속 늘어나는 것일까. 거짓 욕망에 놀아나기 때문이다. 대중매체가 만들어주는 판타지의 욕망, 국가 권력이 주입한 계급적 욕망에 발목이 잡혀 진짜 욕망은 저쪽으로 밀쳐둔 채 허상에 놀아난 것이다. 내 안의 진정한 욕망이 아니라 남이 만들어 놓은 욕망의 이미지를 따라 사는 것은 아닌지 천착해 보자는 것이 저자의 주장이다.

저자는 자신의 개인적 경험과 가족사, 직업적 경험에서 오는 여러 지식을 가볍게 재구성하면서 개인의 욕망을 대비시킨다. 한국만이 가지는 독특한 학벌문화, 국립 지방대 교수로서 느끼는 차별에 대한 소회, 우리 사회를 뒤흔든 신정아 사건, 영화 '색色 계戒'를 통해본 욕망과 규범에 대한 탐구, 중산층의 욕망과 계급의 문제까지 자기만의 독특한 시선으로 해석한다. 이런 다양한 문제에다 법학 같은 무거운 이론을 들이대는 것이 아니다. 가볍고 발랄하고 때로는 유머러스한 쾌도난마를 펼친다.

"자기 자신을 인정하고, 내면에 꿈틀거리는 욕망을 잘 다독이며, 자신만의 공간을 지키고, 깊은 내면을 이웃과 나누다 보면, 나도 모르는 새 주변에는 같은 길을 걷는 친구들이 하나씩 늘어납니다." 이 말을 이정표 삼아 나도 이제부터 내 욕망을 하나씩 꺼내볼 생각이다. 아니, 난 이미 내 욕망에 충실하며 잘 살고 있다.

남자의 욕망에 대하여

　박범신의 문체는 유려하다. 일흔을 바라보는 노 작가의 문체는 완숙의 경지에 이른듯하다. 한때 그의 신문연재 소설을 베껴 쓸 정도로 좋아했다. 남성적 힘과 섬세한 감성의 결을 생생하게 맛볼 수 있는 소설이다. 세상과 인간의 내면을 바라보는 그윽한 눈빛과 사유의 깊이를 한 편의 장편 소설에 담아냈다. 《은교》(박범신 지음)는 늙은 시인 이적요와 제자 서지우, 젊고 발랄한 은교 세 사람의 관계 속에서 일어나는 사랑과 질투, 인간의 욕망에 대한 이야기다.

　욕망의 과잉은 결국 파국이었다. 은교를 사이에 둔 이적요와 서지우의 욕망은 끝내 자멸로 치닫고 말았다. 인간의 욕망은 삶을 추동하는 동력이다. 그러나 그 욕망은 수시로 제지당한다. 사회적 윤리나 도덕, 금기라는 이름으로. 억눌린 욕망은 좌절로 이어지고, 그래서 삶이 우울하다. 욕망의 깃발을 들고 함부로 나대다가는 뭇매를 맞을 수도 있다.

욕망의 본질은 소유욕이다. 한국 사회를 오래 지배한 무거움은 개인의 욕망에 대하여 매우 부정적인 시선으로 억압해왔다. 무거운 맷돌 아래 숨죽여있던 욕망은 사회적 지위나 시선으로부터 어느 정도 자유로워졌을 때 발현한다. 개인주의는 걷잡을 수 없는 소유욕을 자극한다. 독점하고픈 소유욕은 대결을 부르고, 브레이크가 풀린 두 사내의 질투는 현실과 얽혀 난맥상으로 치닫는다. 심리학의 시각으로 보자면 욕망은 금기나 벽을 전제로 발동한다. 스승과 제자, 늙은 노 시인과 여고생의 사랑이 얽힌 삼각 구도는 욕망 발동의 전제조건이다.

이적요는 나이든 자신의 육신에 절망한다. 그러나 싱그러움이 넘치는 은교의 육체를 보면서 마음 속 깊은 곳에 남아있는 욕망을 발견한다. 노인의 욕망은 우리 사회에서 금기의 영역이다. 노인을 모든 욕망을 거세당한 존재로 만들어 변두리로 밀쳐놓았다. 잔인한 편성표다. 그들로 한 인간으로서 욕망하는 존재이지 않던가. 죽었다고 생각한 씨앗이 어느날 마지막 안간힘으로 싹을 틔우듯이 이적요의 욕망은 마지막 불꽃이 된다. 은교로 인해 꿈틀거리는 스승의 욕망을 눈치 챈 젊은 문학가 서지우는 질투로 불탄다. 그 역시 욕망하는 존재이기에.

우리 사회는 언제부터인가 늙음에 대하여 적의에 가까운 시선을 보낸다. 늙는다는 것은 어찌 보면 자연스러운 것인데, 자본주의의 가치인 효율성과 생산성의 잣대로 재단하다보니 늙음을 거추장스럽고 추한 것으로 바라보게 되었다. 자연을 인공의 잣대로 재단했을 때 얼마나 폭력성을 가지게 되는가. 인간은 시간의 흐름에 따라 늙어간다. 그 길은 누구도 피해갈 수 없는 길이다. 늙은이의 욕망은 추하거나 치부로 바라본다. 이적요 역시 한 인간인데 말이다.

이적요의 늙은 육신은 연민스럽다. 나이 들어가면서 다가오는 늙음은 피할 수 없는 인간의 숙명이다. 은교라는 청춘이 뿜어내는 육체의 아우라는 얼마나 싱그러운가. 점점 사위어가는 불꽃처럼 인간의 정신과 육체는 소멸한다. 따지고 보면 젊음에 대한 예찬도 늙음에 대한 상대적 시각이다. "노인은, 그냥 자연일 뿐이다. 젊은 너희가 가진 아름다움이 자연이듯이, 너희의 젊음이 너희의 노력에 의하여 얻어진 것이 아닌 것처럼." 이적요의 항변이다.

근대 과학은 죽음이나 나이듦에 대해 인간에게 매우 부정적 인식체계를 심어주었다. 실은 나이 든다는 것은 많은 욕망을 내려놓고 편안해진다는 것이 아닌가 말이다. 흔들리는 늙은 시인의 눈빛은 금기와 욕망 사이를 줄타기하는 인간의 양심이었다. 과연 욕망은 늘 소유욕으로만 환치하는가. 오랜 시간 문학으로 단련된 시인의 정신세계는 "한없이 빼앗아 내 것으로 소유하고 싶은 욕망이 아니라 내 것으로 해체해 오로지 주고 싶은 욕망"을 발견한다. 고고한 정신의 승리다.

즐겁고 유쾌한 '남자의 물건' 이야기

　제목이 좀 외설스럽다. 드디어 김정운이 마지막 금기의 선을 건드리는구나, 라고 생각했다. 그런데 나의 예상은 빗나갔다. 다소 상업적 의도가 엿보이지만, 이런 시도는 애교스럽게 봐줄만 하다.《남자의 물건》(김정운 지음) 은 그의 글쓰기 능력에 고개를 끄덕이게 한다. 재미있고 가볍지만 진정성이 있다. 심리학을 공부한 학자로서 가끔 전문 용어도 써가며 자기자랑도 적절하게 늘어놓는다. 그런데도 독자로서 기분 나쁘지 않다. 희한한 재주다.

　내게도 소중한 남자의 물건이 하나 있다. 낡은 손목시계다. 시계의 초침은 멈추어 선지 오래다. 20여 년 전 돌아가신 아버지가 생전에 끼고 다니던 물건이다. 갑작스레 말기암 선고를 받고 아버지는 두 달 만에 돌아가셨다. 황망하게 장례를 치르고 유품을 정리했다.

아버지의 체취가 배인 유품을 하나 지니고 싶었다. 평생 검소하게 살았던 터라 유품이라 부를만한 물건도 없었다. 낡은 양복 몇 벌과 사무실에서 가져온 수첩이 전부였다. 푸른빛이 바탕색으로 깔린 네모난 손목시계에 맘이 끌렸다. 환갑도 못 넘긴 아버지의 삶이 그 낡은 손목시계에 고스란히 담겨있는 듯했다. 아버지가 내게 남겨준 '남자의 물건'이다.

근대사회에서 남자의 삶이란 무미건조했다. 평생 가족 부양의 짐을 짊어진 채 해만 뜨면 직장에 나가 죽어라 일만 했다. 술이 유일한 생의 위안이었다. 내 아버지도 예외는 아니었다. 국가를 위해, 직장을 위해, 집안을 위해, 자식을 위해 오롯이 다 바친 인생이었다. 그래서 그들에게는 불행하게도 자기만의 스토리가 없다. 거대 담론과 사회적 명분 속에 매몰되어 버린 '남자의 삶'을 하나의 물건을 통해 복원하다니 자못 흥미롭지 않은가. 이 책을 읽는 내내 아버지의 시계가 떠올랐다.

이 책은 김정운이 남자 열 명을 선정하여 그들의 소중한 사연을 간직한 물건 하나를 놓고 인터뷰 한 후 글을 쓴 것이다. 이어령, 신영복, 유영구 같은 학자들, 조영남, 안성기, 이왈종, 박범신 같은 예술가, 김문수, 문재인 같은 정치인, 축구선수 차범근도 포함되어 있다. 한국 사회에서 나름 성공한 인생을 사는 남자들이 꺼내놓은 물건은 의외였다. 책상, 벼루, 계란 받침대, 스케치북, 안경, 바둑판 등. 대단한 물건인양 기대했다가는 실망한다. 중요한 것은 그 물건이 담고 있는 스토리텔링이다. 아마도 경제적 가치보다 삶의 여정에서 그 물건이 지닌 의미에 가치를 두었기 때문이리라.

화가 이왈종은 제주도에서 정착하기까지 물심양면으로 후원한 사람이 준 면도기를, 박범신은 자신이 직접 만든 목각 수납통을 앞에 두고 삶을 이야기한다. 축구스타 차범근은 계란받침대다. 독일 프로축구 선수 시절 매일 아침 식탁을 장식하던 계란받침대는 가족의 행복을 상징하는 물건이었다. 하찮은 물건 하나를 앞에 놓고 그들이 살아온 인생을 술술 풀어낸다. 이 책을 읽다보면 삶의 의미나 행복은 거창한 것이 아니라는 데 고개를 끄덕이게 된다. 돈 돈 하는 세상에 돈보다 더 귀한 것들이 얼마나 많은가를 깨우치게 해준다.

저자인 김정운은 말한다. "자기 이야기가 풍요로워야 행복한 존재다."라고. 매번 남과 비교하며 살아가는 삶이란 얼마나 피곤한가. 나만의 이야기를 엮어가는 주체적인 삶을 살라는 말이다. 나를 남과 비교해도 슬프고, 내 의지와 상관없이 남이 나를 가져다 비교하는 것도 피곤하다. 그냥 저마다의 타고난 소질을 잘 살려 자기만의 생을 살아가라는 주문이다. 자본과 미디어가 의식의 세계까지 점령한 이 땅에서 '천상천하 유아독존'의 깃발을 흔들면서 산다는 것은 어렵다. 그래도 나만의 인생 이야기를 써보겠다고 용기를 가진 사람이 점점 늘어난다. 나도 그들의 행렬에 동참하고 싶다. 이 책을 다 읽고 나서 문득 이런 생각이 들었다. 나를 상징하는 여자의 물건을 이야기하라면 무얼 내놓을까? 가방, 안경, 수첩, 편지, 커피잔 등을 떠올린다. 암만 생각해도 책이다. 그리고 보니 내 삶도 참 건조하다

제3장
책이여 영원하라

책맹과 디지털 치매

이번 학기 나는 네 곳의 강의실을 옮겨 다니면서 독서지도에 대해 강의를 한다. 대상은 주로 학부모들이다. 그들의 목적은 확고하다. 독서지도에 대한 정보를 얻어 내 자식 좋은 대학 보내기. 독서를 많이 해야 좋은 대학 간다고 하는데, 구체적인 정보가 없다. 꿈은 원대하나 부모 세대는 독서를 제대로 해본 경험도 없을뿐더러, 책이 너무 많아 어떤 책을 어떻게 읽혀야 할지 모른다. 그렇다. 지금은 독서도 전문영역이다. 책맹이 점점 늘어나고 있다. 글자는 읽을 수 있지만, 책에 담긴 깊은 의미를 해석하지 못한다면 독서를 했다고 말할 수 없다.

컴퓨터는 인간의 사유체계까지 바꾸어놓았다. 언론학자 마셜 맥클루한(Marshall Mcluhan)은 《미디어의 이해》에서 "미디어가 곧 메시지다."라고 주장했다. 즉 매체가 인간의 뇌와 감수성, 성격까지 바꾸어놓는다는 사실을 간파한 말이다. 컴퓨터는 인간 문명의 오랜 산물인 독서능력을 감퇴시킨 주범인 것이다. 네티즌은 화면에 나타난 제목과 결론만 본다. 기승전결의 과정이나 사건의 배경 따위는 알고 싶지 않다. 또 글이 읽기 싫으면 친절하게 영상으로 편집하여 한눈에 볼 수 있도록 해준다. 굳이 머리 아프게 생각하지 않아도 세상이 어떻게 돌아가는지 대충 알 수 있다.

인간의 뇌는 영악하다. 괴로운 기억은 잊어버리고 즐겁고 행복한 기억만 저장한다. 첫사랑을 그리워하는 이유다. 이를 므두셀라 증후군(Methuselah Syndrome) 이라 부른다. 분명히 그 사람이 싫어서 헤어졌는데, 시간이 지날수록 뇌기 행복한 기억만 되살리기 때문이다. 뇌가 우리의 기억을 자의적으로 조작한다는 말이다. 이런 관점에서 본다면 인간의 기억은 믿을 것이 못된다. 모든 기억은 조작이란 주장에 수긍이 간다.

'디지털 치매' 라는 신조어가 등장했다. 컴퓨터나 스마트폰으로 본 수많은 정보는 일회성으로 그친다. 실시간 폭식하듯 입력되는 단기 정보는 뇌 스스로 기억할 필요가 없다고 판단하고는 흘려버린다. 그러나 반복되어 들어오는 정보는 기존의 기억에 보태어 강화되어 저장된다. 날마다 뉴스를 보는데 생각나는 것은 별로 없는 기이한 현상이 나타나게 된 것이다. 그러나 계속 반복해서 들어오는 정보는 뇌가 중요하다고 판단하여 장기기억 저장소로 보낸다. 공부에서 복습이 필요한 이유다.

책을 읽으면 다양한 장기기억이 저장된다. 독서는 빈 항아리에 물을 채우는 것과 유사하다. 처음에는 계속 물을 길어다 부어야 하지만, 어느 정도 물이 차면 조금만 부어도 물이 흘러넘치는 것과 같은 원리다. 그래서 책을 읽을수록 내용을 빨리 이해하고 어려운 내용도 체계적으로 정리가 된다. 무엇보다 독자 나름의 관점으로 비판 분석하는 해석의 단계까지 나아가게 된다. 처음에는 책 읽기가 힘들어도 지속적으로 읽다보면 인간의 뇌는 컴퓨터가 결코 따라올 수 없는 기억력과 창의력이 생긴다.

독서의 대상도 점점 확대되고 있다. 책이나 신문뿐만 아니라 텔레비전, 스마트폰, 사회나 자연 풍경, 심지어 사람의 마음 읽기까지 독서의 영역이 확장된다. 주체인 나를 둘러싼 온 우주가 텍스트인 셈이다. 날마다 생산되는 정보나 지식을 다 읽으려한다면 아마도 정보더미에 깔려 질식사할지도 모른다. 그래서 독서도 선택과 집중이 필요하다. 영상매체만 탐닉하는 인간은 사고능력이 감퇴할 수밖에 없다. 생각하지 않는 인간은 위험한 짐승이나 다를 것이 없지 않은가. 독서는 인간을 인간답게 해주는 최후의 보루다. 이 가을, 한 권의 책 속으로 푹 빠져보자. 사유의 즐거움이 당신을 행복하게 해줄 것이다.

정신의 근육, 독서력 기르기

요즘 나는 한 남자에게 빠져 있다. 그가 쓴 책을 읽으면서 공감하고 때로는 감탄한다. 열심히 밑줄을 긋고 책의 내용을 주변 사람들에게 소개하기도 한다. 서점에서 사온 책은 첫인상이 무뚝뚝하다. 제목도 표지도 아날로그형이다. 며칠을 책상 위에 두었다. 그러나 해가 질 무렵에 첫 장을 펼쳐 읽기 시작하여 200여 쪽에 달하는 책을 단숨에 읽어버렸다. 독자를 매료시키는 힘은 어디서 나온 것일까? 책을 읽는 동안 나는 그가 끊임없이 읽고 사유하고 쓴다는 것을 알 수 있었다.

그의 이름은 '사이토 다카시'다. 일본의 저명한 칼럼니스트이자 독서운동가이기도 하다. 이번에 내가 만난 책은 《독서력讀書力》이다. 그는 현재 꽤 이름난 교육 심리학자이자 CEO들의 멘토다. 아사히 신문을 비롯하여 NHK와 TV 도쿄 등에서 강연과 상담을 하고, 밀리언셀러를 기록한 저술가이기도 하다. 화려한 그의 이력을 뒷받침해준 것은 독서다. 그는 누구보다 책을 열심히 읽고, 독서의 체험을 책으로 엮어내는 사람이다.

고백하자면 오래전부터 나는 그의 팬이다. 내 서가에는 다카시의 저서가 몇 권 꽂혀 있다. 《원고지 10장을 쓰는 힘》, 《신체 감각을 되살린다》 등의 책을 통해 강렬한 인상을 남긴 작가다. 이번에 읽은 《독서력》도 나를 실망하게 하지 않았다. 실제로 그는 상당한 독서력을 지닌 사람이다. 그래서인지 그의 글은 쉽고도 설득력이 있다. 그냥 머리로 쓴 글이 아님을 영민한 독자는 금방 눈치챈다. 관념적인 논리보다 체험을 바탕으로 쓴 글이 훨씬 강렬하게 다가온다는 것을 이번에도 확인한 셈이다.

다카시는 말한다. "독서는 머리로 하는 것이 아니라 지금까지 축적된 독서량으로 하는 것이다." 그가 주장하는 독서력이란 "책 한 권을 빨리 읽는 기술이라기보다는 내용을 정확하게 파악하는 효율적인 독서법"이다. 이러한 독서력은 홀로 부단히 걸어가는 자만이 획득할 수 있다. 독서란 곧 저자와의 대화다. 오랜 발효의 시간을 거친 저자의 말은 독자에게 깊은 울림과 흔적을 남긴다.

그가 말하는 독서력 기르는 방법을 꽤 다양하다. 그 중에서 인상적인 것은 삼색 볼펜 활용법이다. 객관적으로 중요한 문장은 파란색으로, 주제를 담은 문장은 빨간색, 흥미롭거나 감동을 준 문장은 초록색으로 밑줄을 긋는다. 당장 실천해보았다. 볼펜 색상을 바꿔

가면서 책을 읽으려니 빨리 읽을 수 없었다. 천천히 정독을 해야 가능했다. 그리고 책을 사서 읽어야 한다.

또 한 가지는 독서 노트다. 책을 읽으면서 꼭 기억하고 싶은 문장을 노트에 옮겨 쓰는 것이다. 자판에 익숙한 탓에 손 글씨 쓰기는 번거로운 작업이었다. 육필로 쓴 독서록은 독서 이력서가 되기도 하고, 활용하기도 좋다. 책이름과 저자, 쪽수 따위를 같이 적어두면 출처가 분명해 인용하기도 좋다. 노트에 옮겨 쓴 문장에 나의 생각이나 느낌도 덧붙여 쓰다보면 저자와 독자는 저절로 대화가 된다.

독서는 머리로 하는 것이 아니다. 매일 일정한 시간에 달리기를 하듯이, 꾸준히 책을 읽어야 한다. 다카시는 문고본 100권과 신서본 50권을 주장한다. 매일 밥 세 끼를 먹는 것처럼 책 읽는 습관을 들여야 가능한 일이다. 이 바쁜 세상에 책 읽을 시간이 어디 있냐고? 자투리 시간을 잘 활용하면 언제 어디서나 독서는 가능하다. 병원에서 순서를 기다리는 동안, 지하철이나 버스를 타고 가면서 책을 읽으면 된다. 그리고 무엇보다 인터넷이나 텔레비전과는 멀어져야 한다. 책 한 권을 제대로 읽어내는 힘, 독서력은 정신의 근육을 기르는 것이다.

문자향 그윽한 고전의 숲

"충분히 절차탁마 되어 이루어진 잠언이란 단순히 읽는다고 해서 해독될 수 있는 것이 아니다. 오히려 거기에서 해석이 시작되어야 하지만 거기에는 또한 해석의 기술이란 것이 필요하다." 니체의 《도덕의 계보》에 나오는 말이다. 니체가 말한 '해석의 기술'이란 독서의 기술을 의미한다. 독서도 기술이 필요한가, 라고 반문할 수도 있다. 그렇다. 책의 종류에 따라, 독자의 입장에 따라 해석의 방법이 다르다는 말이다.

몇 해 전 겨울방학 때 나는 연암 박지원의 《열하일기》 한글번역서 3권을 다 읽기로 목표를 세웠다. 책은 꽤 두꺼웠다. 연암이란 인물에 대한 호기심이 동기를 유발하였다. 고전 연구자들의 수고로움 덕분에 매끄럽게 번역된 문장은 가독성을 높여주었다. 처음에는 읽는데 별 어려움이 없었다. 책장이 술술 넘어갔다. 나도 책 속의 연암을 따라 여행을 하듯 즐거웠다. 그런데 뒤로 갈수록 높은 성벽이 가로막았다. 책은 읽지만 내용을 반도 이해할 수 없었다. 답답했다. 옆에 고전 전공자라도 있다면 책을 들고 가서 설명을 듣고 싶었다.

《열하일기》에는 수많은 중국의 사상가와 인물, 역사적 사건이 수시로 튀어나온다. 나는 낯선 인물과 사건을 만날 때마다 돌부리에 걸려 넘어졌다. 방대한 중국 역사와 사상, 고사성어, 인물 등에 대한 배경지식이 부족한 탓이었다. 가슴이 답답했다. 어쨌든 끝까지 가보자는 오기로 3권을 다 보았다. 그러나 나는 코끼리 다리만 만지다 물러난 것처럼 내용을 다 이해하지 못한 채 독서를 마쳤다. 그때 절실하게 깨달은 것이 고전은 전문가와 함께 읽어야 하고, 천천히 곱씹으면서 읽어야 한다는 것이었다.

고전 읽기는 어느 시대나 교양인의 필수 덕목이었다. 고전이란 말 그대로 시간의 더께와 독자의 검증에서 살아남은 책이다. 고전에는 시대를 초월하는 가치와 진리가 담겨 있다. 앞날을 예측하지 못하는 불확실성의 시대일수록 고전을 읽으라고 말한다. 고전에 길이 있기 때문이리라. 그런데 고전은 쉽게 문을 열어주지 않는다. 누구나 쉽게 읽을 수 있다면 고전의 반열에 오르지 못했을 것이다. 요즘과 같은 시대에 한 권의 책에 매달려 느리고 천천히 반추反芻하는 독서는 매우 비효율적이다. 그러나 고전이라 칭하는 한 권의 텍스트가 지닌 진리의 질량을 생각하면 결코 밑지는 장사가 아닐 수도 있다.

고전 읽기도 결국 해석이다. 텍스트가 지닌 수많은 주름은 시대에 따라 다양한 해석을 가능하게 해준다. 세월의 무게가 켜켜이 쌓인 책은 무겁고 진지하다. 그래서 머리가 아프다. 한 구절 한 구절에 담긴 의미를 골똘히 생각해야 하니까. 폴폴 날리는 가벼움이 대세인 지금, 무겁고 진지한 독서를 하라니 이 무슨 반시대적인 언사인가. 그러나 '참을 수 없는 가벼움'에 질린 독자라면 엄숙한 고전 읽기에 한번 도전해보는 것도 괜찮을 것 같다. 단, 혼자서는 위험하다. 적어도 그 분야의 전문가와 함께, 여럿이 토론하면서 읽어야 한다.

고전의 숲으로 들어가려면 적잖은 시간과 두통을 감수해야 한다. 그러나 육중한 문을 열고 들어가면 오랜 세월의 풍상을 견딘 고목들이 독자를 기다린다. 그 숲에는 맑고 향기로운 기운이 가득하리니….

도서관이 기적을 낳는다

가끔 상상한다. 어린 시절 우리 동네에 작은 도서관이 있었다면, 아마도 내 삶이 많이 달라졌을 거라고. 내가 다녔던 시골 작은 학교에 도서관이 있었더라면 나와 주변 친구들의 삶은 어떻게 변했을까? 아마도 나는 소설가가 되었을지도 모르겠다. 한창 책에 빠져 지내던 때 소설을 써보고 싶다는 열망을 가졌던 적이 있었으니까. 지나간 과거에 대한 가정은 부질없다. 그러나 지난 시간에 대한 성찰은 미래를 바꿀 수 있는 원동력이 되기도 한다.

그녀는 이사할 때마다 동네에 도서관이 있는지부터 살펴본다. 아이 둘을 키우면서 가장 중요하게 여기는 교육관이다. 남편의 사업 실패로 시골로 이사를 할 때도 그랬다. 읍내 도서관 근처에 방을 얻었다. 경제적 어려움과 사춘기 딸의 반항, 낯선 도시의 서먹함을 그녀와 아이들은 도서관에서 극복했다. 그녀와 가족에게 책은 유일한 위안이었다. 날마다 아이들과 함께 도서관에 출근했다. 그 어렵고 힘든 시간 속에서도 딸은 사교육의 도움 없이 외고에 진학할 수 있었다. 신 맹모삼천지교新 孟母三遷之敎의 등장이다.

"오늘의 나를 키운 건 동네의 작은 도서관이었다." 세계에서 가장 성공한 사람으로 인정받는 빌 게이츠 (William H. Gates)의 말이다. 마이크로소프트사의 뿌리가 바로 동네 도서관이었다. 어릴 때부터 도서관을 드나든 아이는 스스로 필요한 책을 서가에서 고른다. 어떤 책에 자신이 알고자 하는 지식이 담겨있는지 자연스레 배운다. 즉, 지식을 검색하고, 찾고, 활용하는 습관을 스스로 익히는 소중한 장소가 도서관이다.

《기적의 도서관 학습법》 (이현 지음)은 도서관이 좋은 학교라는 것을 보여준다. 그녀는 다섯 살짜리 딸아이 하나 데리고 프랑스 유학을 떠난다. 주말마다 도서관을 찾아 아이와 함께 그림책을 보면서 마음의 위안을 얻는다. 프랑스 엄마들이 진지하게 책을 읽어주며 아이와 생각을 나누는 모습을 목격하고는 한국의 교육에 대하여 고민한다. "숨 막히는 사교육 시장으로 아이를 내몰 것이 아니라 학교와 도서관에서 세상을 이해하고 사랑하게 만들면 공부는 저절로 하게 된다."는 생각이 그녀가 프랑스에서 얻은 교훈이다.

한국으로 귀국한 뒤에도 아이를 학원에 보내는 대신 도서관으로 매일 출근했다. 동화책을 읽으면서 두 아이는 한글을 깨우쳤다. 그녀 역시 도서관에서 논문을 쓰고 듣고 싶은 강의를 들었다. 그녀는 주장한다. "책 읽기부터 인성 교육, 지성 교육, 사회성 교육을 모두 도서관에서 해결한다."라고. 휴일이면 온 가족이 나들이하듯 도서관으로 향한다. 각자 읽고 싶은 책을 읽거나 자료를 찾고 숙제를 한다. 다양한 도서관 활용법과 효과에 대하여 지은이의 생생한 체험담을 읽노라면 정말 도서관은 기적을 만드는 곳임을 깨닫게 된다. 아이의 교육에 불안한 학부모라면 이 책을 읽어보라고 권하고 싶다. 그리고 내일 당장 도서관으로 아이를 데리고 가서 함께 책을 읽고 대화를 나누어라.

오늘날 도서관은 단순히 책을 빌려주는 곳이 아니다. 특히 마을 주민이 주체가 되어 운영하는 작은 도서관은 마을공동체의 중심이다. 마을 일을 의논하고, 강의를 듣고, 사교육 대신 도서관에서 아이를 같이 키운다. 어떻게 하면 아이들의 창의력을 발휘할 수 있을까, 함께 의논하고, 엄마들이 스스로 교육계획을 짜고, 수업도 진행한다. 도서관에서 친구가 된 이들은 고민을 나누고 좋은 정보를 공유하면서 삶의 에너지를 충전한다. 삶을 바꾸고 변화시키는 곳이 마을도서관이다. 작은 씨앗 하나가 많은 열매를 키우듯이 마을도서관은 수많은 이들의 삶을 바꾸는 혁명의 씨앗이다. 그 씨앗이 자라나는 토대인 마을도서관 만들기는 어른의 몫이다.

인터넷의 유혹과 독서

컴퓨터를 켠다. 바탕화면이 뜨자 바로 인터넷에 클릭한다. 수시로 변하는 글과 사진, 동영상, 즐겨 찾는 카페 등이 나를 기다린다. 메일을 확인하고, 카페에 들어가 새로 올라온 글을 읽고, 댓글을 달고 하면서 10여 분을 보낸다. 유혹당하지 않으려고 안간힘을 쓰지만 최근 체중감량에 성공한 개그우먼의 사진에 클릭하고 말았다. 그러나 그녀와 관련된 글은 앞부분만 대충 읽고 곧 다른 곳으로 이동한다.

처음에는 인터넷으로 긴 글을 읽는 것이 힘들었다. 화면이 위로 올라가면 방금 읽은 내용도 같이 사라지는 것 같은 느낌이 들었다. 중요한 자료는 프린트해서 읽어야만 이해할 수 있었다. 나의 뇌가 인터넷 읽기에 적응하지 못한 탓이었다. 뇌 과학의 발달은 인터넷이 인간의 뇌를 어떻게 바꾸어놓는지 조금씩 밝혀내기 시작했다. 즉, 매일 접하는 매체가 무엇이냐에 따라 인간의 뇌도 적응기간을 거쳐 신경회로를 변화시킨다는 사실이다.

미국의 저명한 공학자이자 칼럼니스트인 니콜라스 카의 《생각하지 않는 사람들》은 인터넷이 우리의 뇌 구조를 바꾸고 있다는 사실을 여러 사례를 통해 증명한다. 돌이켜보니 나도 최근에 한 권의 책을 집중해서 완독한 경험이 드물었다. 필요한 부분만 골라 읽거나 짬나는 대로 조금씩 읽다가 책꽂이로 올라갔다. 분명히 책을 읽기는 읽었는데, 내용이 거의 생각나지 않았다. 나이에 따른 기억력 감퇴현상이려니 여겼다. 그런데 나의 뇌 신경 회로가 변화하고 있었던 것이다. 니콜라스 카는 기억력 감퇴를 이끈 주범이 컴퓨터라는 것을 증명해 보인다. 즉, 인간은 뇌를 컴퓨터라는 미디어에게 '아웃소싱' 해버렸다. 그래서 생각하지 않는 사람으로 전락했다.

인터넷은 인간의 역사를 다시 쓰게 만들었다. 인쇄술의 발달로 대량의 책이 보급되고, 독서의 대중화가 이루어진 이후 책은 문명사에서 최고권자의 자리를 차지했다. 오랜 세월 동안 그 어떤 매체도 책의 자리를 넘보지 못했다. 그러나 인터넷은 그토록 견고하던 책의 권위를 너무나 쉽게 무너뜨리며 인간의 시선을 사로잡는 데 성공했다. 그것도 아주 짧은 시간에. 이제 대세는 확실하게 인터넷으로 기울었다. 무너져가는 옛 왕조에 대한 미련이나 충절은 소수 애독자의 전유물로 남았다.

인터넷은 뇌의 회로와 기능을 바꾸어놓았다. 우리 뇌는 새로운 기술을 배우거나 새로운 능력을 발전시킬 때마다 수정된다는 것이 여러 실험으로 증명되었다. 정보의 홍수와 강력한 자극에 노출된 뇌는 정신을 극도로 산만하게 하는 결과를 초래했다. 독서를 통해 축적된 깊은 사고의 회로는 약해지고 해체되기 시작한 것이다. 컴퓨터와 스마트폰 같은 기기는 깊고 창의적인 사고를 하는 신경회로를 약화시켰다.

니콜라스 카는 말한다. "컴퓨터는 책의 윤리가 우리에게 알려주었던 홀로 고독하게 몰입하는 행위를 거부했다. 우리는 우리의 운명을 곡예에 내맡겼다." 이제 책에 몰두하기 위해서는 보따리를 싸들고 인터넷이 없는 곳으로 가야한다. 컴퓨터로부터 자유로울 수 없는 현대인은 수도자와 같은 자세로 책과 만나야할지도 모른다. 안타깝게도 홀로 조용히 독서를 하면서 맛보던 쓸쓸하지만 감미로운 희열감은 우리의 삶에서 점점 멀어져간다.

운명을 바꾸는 책 읽기 프로젝트

무릇 책은 재미있어야 읽고 싶다. 특히 책 읽기가 두려운 초보자에게는. 《독서 천재가 된 홍대리》(이지성, 정회일 지음)는 일종의 자기계발서다. 그런데 소설의 포맷을 빌려왔다. 마치 '홍 대리의 인생 1막 2장' 이야기를 읽는 것 같다. 표지도 카툰풍의 그림이다. 젊은이들에게 친근한 영상 이미지로 다가가겠다는 전략이 엿보인다. 이쯤 되어야 책을 손에 들겠구나, 라는 생각이 든다. 자전적 이야기이면서 자기계발 프로젝트가 혼합된 책이다. 과연 통섭의 시대다.

이 책의 지은이는 두 사람이다. 이미 서점가와 인터넷에서 이름이 꽤 알려진 이지성과 영어학원장 정회일이다. 정회일은 이지성을 만나 인생을 바꾼 사람이다. 아토피 치료약의 부작용으로 집안에만 칩거하던 정회일은 독서멘토 이지성을 만나 삶의 혁명을 이룬 인물이다. 두 사람 모두 책을 통해 인생 2막을 성공적으로 살아가는 사람이다. 이 둘의 만남과 독서멘토링한 이야기를 읽다보면 삶에서 사람과의 만남이 얼마나 중요한가를 다시금 깨닫게 된다.

세상에 책은 널려있다. 너무 많아서 무슨 책을 골라야할지 버거울 정도다. 또 책을 읽는다고 정말로 내 삶이 변화할까, 의문스럽다면 바로 이 책을 보면 된다. 나도 이지성 처럼 현실의 고통을 잊기 위해 남독을 했던 적이 있다. 어떤 목표를 두고 책을 읽은 것이 아니라, 단지 내 앞의 현실이 힘들어서 책 속으로 도피를 했던 것이다. 책을 정신없이 읽고 나면 현실은 더 암담했다. 책 속의 세상과 내가 살아가야하는 현실과의 간극은 점점 더해만 갔다. 성공한 여성들의 이야기는 부러웠지만, 난 능력도 용기도 없었다.

독서의 목표가 없으니, 읽고 나면 그만이었다. 책에 대한 고민이나 실천적 문제는 뒷전이었다. 거의 매일 한 권씩 읽었지만, 내 삶은 늘 제자리였다. 무엇이 문제였을까. 답은 의외로 간단했다. "무엇을 위해서, 무언가 되기 위해서, 책을 읽어야 한다."는 뚜렷한 목표가 있었다면, 강력한 성취동기를 가지고 더 즐겁게 책을 읽을 수 있었을 것이다. 책을 읽다보면 생각이 바뀌고, 생각이 바뀌면 삶이 변화한다는 것을 이 책은 말한다. 특히 성공한 사람들의 자기계발서는 부정적 생각을 긍정적 생각으로 바꾸어준다. 일단 생각이 긍정적으로 바뀌면 용기가 생기고, 도저히 도달할 수 없을 것 같던 고지를 점령하게 된다는 주장이다.

지은이는 독서의 당위성만 말하지 않는다. 자신들의 삶이 변화한

과정을 진솔하게 보여주면서 독서의 중요성과 필요성을 말한다. 그래서 이 책을 읽으면서 몇 번이나 고개를 끄덕이게 된다. 첫 출발은 독서습관이다. 바쁜 일상에서 매일 3시간씩 책을 읽으라고 말한다. 아침 저녁1시간 씩, 나머지 자투리 시간을 활용하면 가능하다. 100일 동안 33권 독서하기 목표를 세워라. 둘째, 100권 독서로 최고 전문가가 되라. 자신이 하는 분야에서 경쟁력을 가지고 지속적으로 발전하려면 적어도 100권의 전문서적을 읽어야 한다는 말이다. 그러다보면 일에 대한 자신감도 생기고 전문성도 인정받게 된다. 셋째, 인문고전을 읽어라. 인문고전은 어렵지만 그런 책은 삶에 대한 성찰과 인간에 대한 이해를 높여준다.

독서경영의 바람이 거세다. 한치 앞도 예측할 수 없는 시대에 기업마다 미래 경영에 대한 준비로 독서를 강조한다. 최고 경영자는 물론이거니와 신입사원까지 책 읽기를 강조한다. 무한경쟁의 시대에 자신을 지키고, 보다 행복한 삶을 살아가려면 책을 읽으라고 말한다. 왜 그런지 궁금하다면 지금 당장 이 책을 읽어라. 그리고 입체적으로 읽고 분석하라. 그러면 자신의 문제에 대한 해답이 보인다. 한 분야의 책을 여러 권 읽다보면 공통점이 있다. 그 공통점을 잘 분석해보면 문제의 길이 열린다.

사람을 만나면 모두 우울하다고 한다. 돈 벌기가 힘들어서, 경쟁에 지쳐서, 나이듦이 서러워서 등 사연도 이유도 다양하다. 분명 물질적으로는 예전과 비교할 수 없을 만큼 풍요롭다. 그런데 왜 다들 우울하다고, 삶이 재미없다고 난리인가. 바로 정신의 빈곤과 미래에 대한 불안 때문이다. 세상은 나한테 맞추어 변하지 않는다. 그렇다면 내가 먼저 혁명을 해야 하지 않겠는가. 그 첫 출발이 독서다. 독서는 꿈을 현실로 만드는 강력한 무기다.

이 책의 저자가 말하는 꿈을 현실로 만드는 방법은 의외로 쉽다. 우선 스스로에게 맞는 독서환경을 조성하라. 그리고 주변에서 자신의 독서코칭을 해줄 멘토를 구하라. 슬럼프에 빠졌을 때 구원의 손길을 내밀 수 있도록. 마지막으로 주변에 같이 책을 읽고 이야기를 나눌 독서 동지를 만들어라. 이렇게 하려면 먼저 독서를 통해 자신의 삶을 바꿔보겠다는 강렬한 열망을 가져야 한다. 그리고 끈기와 인내가 필요하다. 실은 이런 세 가지 요소도 책을 읽다보면 내 안에서 생겨난다.

책 읽기가 어려운 독서 초보자라면 이 책을 꼭 읽어보라고 권하고 싶다. 그러면 당신의 삶도 이 책의 홍 대리처럼 바뀔 것이다.

성공하는 사람들의 독서습관

"모든 리더는 리더다." (All Leaders are Reader)라는 말이 있다. 지금 한국 사회에서 인구에 회자하는 리더의 공통점이 하나 있다. 어린 시절부터 몸에 밴 독서습관이다. 안철수, 박경철, 워런 버핏, 한비야 등 젊은이의 롤모델인 이들은 모두 책벌레다. 성장 과정에서 부모나 선생님, 도서관 등과의 우연한 만남으로 이들은 책과 친해졌다. 그 습관을 어른이 되어서도 꾸준히 유지해오며 책을 손에서 놓지 않은 사람들이다. 그들은 말한다. 책이 가장 좋은 스승이었다고.

최근에 내가 읽는 책은 거의 독서와 관련된 책이다. 이 칼럼을 쓰다 보니 자연스레 독서에 관한 책을 찾아 읽게 된 것이다. 독서의 목적이 분명하다. 독서에 관한 책을 꾸준히 읽으면서 나는 다양한 지식을 습득한다. 이러한 독서과정은 독서교육을 주업으로 하는 내게 강의 능력을 키우는 중요한 계기가 된다. 더불어 새로운 책과의 만남을 통해 나는 다양하고 높은 전문지식을 습득한다. 강제적이고 규칙적인 독서칼럼 쓰기는 나로 하여금 독서에 대한 필요성을 끊임없이 일깨워준다.

다행스럽게도 나는 매주 칼럼을 쓰기 위해 "성공하는 독서습관 5가지 법칙" 가운데 4가지를 실천하는 셈이다. 마지막 한 가지는 "최고를 지향하라"다. 이 부분은 이의를 제기하고 싶다. 이번에 읽은 《성공하는 사람들의 독서습관》(안계환 지음)에서 지은이는 성공수단으로 독서습관을 익히라고 힘주어 말한다. 독서는 그 자체로서 기쁨이고 즐거움이다. 이 책에 소개된 많은 사람도 독서를 단지 성공의 수단으로 생각하지 않았다. 책 읽는 즐거움과 가치를 알고, 실천하다 보니 성공의 반열에 오른 것이리라.

어린 시절 맛본 독서의 즐거움은 평생을 지배한다. 성공한 리더들은 이런 즐거움을 잊지 못해 책을 손에서 놓지 않았다. 독서가 튼튼한 바탕이 되어 나중에 자신의 일과 연관되고, 그러다 보니 남보다 앞서 가게 되었다는 것이다. 독서가 덤으로 주는 행복이 바로 이런 것이다. 처음에는 심심해서, 낯선 환경에 적응하기 위해, 혹은 내 앞에 닥친 문제 해결을 위해 책을 읽는다. 그러면서 자신도 모르게 책 읽는 즐거움의 마법에 빠져들게 되고, 문제의 답도 책에서 찾게 되었다고 한다.

이 책은 독서에 관심 있는 초보자에게 유용한 길라잡이다. "스스로를 성장시키는 독서습관 21가지"를 구체적으로 제시한다. 실제 우리 사회에 성공한 리더들이 "어떤 책을 어떻게 읽는지" 저자의 꼼꼼한 자료조사와 해설을 곁들여놓았다. 특히, 책을 읽는 목적에 따라 상세한 설명과 풍부한 예를 들어놓았다. 그래서 독서에 대한 자신감도 생기고 저자의 주장에 신뢰를 하게 된다. 이런 종류의 책을 정독을 할 필요는 없다. 목차를 살펴보고 내 마음에 드는 장을 펼쳐 보면 된다. 성공한 리더들이 추천하는 추천도서도 덤으로 얻을 수 있다.

많은 이들이 책 읽을 시간이 없어 못 읽는다고 말한다. 리더들은 자투리 시간을 잘 활용했다. 기차나 지하철을 타고 이동하는 시간, 누군가를 기다리는 시간에 그들은 책을 읽었다. 그리고 독서시간을 다른 것보다 우선순위에 배치하는 열정이 있었다. 사소한 차이가 엄청난 결과를 낳는다. 새로운 인생을 설계하고 싶다면 책과 친해지는 방법을 고민해보자. "책은 인생의 험준한 바다를 항해하는 데 도움이 되게끔 남들이 마련해준 나침반이요, 망원경이요, 육분의요, 도표다." 미국의 저명한 언론인 베넷(James Gordon Bennett)이 한 말이다. 설을 쇠고 나면 신춘이다. 신춘을 맞아 올해 읽을 책과 목표를 세워야겠다.

저무는 문자제국과 떠오르는 전자제국

나는 기계치다. 기계만 보면 무섭다. 설명서를 읽어도 이해를 잘 못 한다. 그래서 가능하면 단순 기능의 기기를 선호하는 편이다. 컴퓨터도 내가 꼭 필요한 기능만 익혀 사용한다. 무얼 잘못 건드려 고장이라도 날라치면 안절부절못한다. 자고 나면 새로운 전자기기가 개발되고, 주변의 많은 사람이 스마트폰으로 바꾸었다. 나는 고장이 날 때까지 지금 사용하는 핸드폰을 고수할 작정이다. 스마트폰 반대 모임이라도 하나 만들고 싶다. 지금 이대로 충분하니 더는 과학기술이 부여하는 혜택을 거부한다, 라며 선언이라도 하고 싶은 심정이다.

"나는 문자의 들판에서 문학이라는 곡식을 먹고 성장했다. 거기에는 고독하고 개인적인 내면적 사유가 있고, 하나의 선율로 흐르거나 몇 개의 선율이 화음을 이루며 흘러가는 아름다운 서사들이 있고, 이성의 등불에 대한 사람들의 신뢰가 있었다." 문학평론가 이남호의 《문자제국쇠망약사》 서문에 나오는 말이다. 독서록에 옮겨 적고서 몇 번이고 읽어보았다. 가버린 연인에게 바치는 헌사처럼 회한을 불러오는 명문이다. 이젠 다시 오지 못할 청춘의 시절을 회상하듯 쓸쓸한 아쉬움이 진하게 묻어난다.

저자는 자신이 평생 신앙처럼 공부한 문학이 전자문화에 떠밀려 사라져가는 것에 대해 분노하고 안타까워한다. 현실을 인정할 수밖에 없지만, 그래도 문학 혹은 책이 지닌 가치를 나직하지만 강하게 강조한다. 이미 전자문명은 우리 삶의 한복판을 점령했다. 전자문명은 세상을 바꾸어놓았을 뿐만 아니라, 인간의 관습과 문화, 사유체계까지 그들의 질서에 맞추어 재편해 놓았다. 놀랍고도 경이로운 변화다. 마치 사막 한가운데를 걸어가는 낙타처럼 저마다 스마트폰을 손에 들고서 고개를 끄덕이며 걸어가고 있다. 많은 이들이 스마트폰과 달콤한 밀애를 즐긴다.

근대의 문자제국은 저물고 있다. 독서와 사유를 통해 쌓은 비판적인 이성과 합리주의, 예리한 통찰력으로 칭송되던 문자문화는 개인적이고 자아 중심적이다. 반면, 전자문화는 가볍고 즉흥적인 접속과 속도와 영상으로 엮어진다. 또한, 비선형적이며 공개적이다. 전자문화는 필연적으로 개인성과 내면성의 약화를 동반한다. 그래서 이미 오래전에 개인의 죽음 혹은 저자의 죽음을 선언하지 않았던가. 이와 더불어 전자문화는 '언어의 부식(language erosion)'을 가져왔으며, 문학의 급격한 퇴락을 촉진했다. 문학의 퇴락은 곧 책의 퇴락을 의미한다. 정연한 논리와 이성으로 유지되던 것들이 줄줄이 추락하는 형국을 맞고 있는 셈이다.

홀로 음악에 취해 악기를 연주하듯 독서삼매경에 젖어들던 그런 시절은 다시 오지 못할지도 모른다. 미하엘 하임(Michael Heim)은 "독서의 시간 즉 자아 속에서 반향 되는 책의 언어에 의해 규정되는 시간은, 현실의 시간이 아니라 영혼의 시간이다."라고 말했다. 그렇다. 책을 읽는 동안만은 골치 아프고 복잡한 현실을 떠나 작가가 만들어놓은 책 속의 세계로 떠나간다. 독자는 작가가 빚어놓은 언어의 마술에 걸려 영혼의 시간으로 빠져든다. 이런 혼자만의 여행을 통해 자신만의 고유한 정체성을 구축할 수 있었으리라.

나는 문자제국의 충직한 국민이었다. 내 몸과 머리는 문자의 질서와 체제로 운용되어왔다. 오랜 세월 책이라는 문자매체를 통해 위대한 저자들과 대화하면서 행복했다. 책과 함께 가는 사유의 길에는 문자향이 그득했다. 언어가 직조해낸 그 길을 걸으면서 삶의 의미와 세계의 질서를 발견하는 벅찬 희열감도 맛보았다. 그러나 문자제국은 이미 쇠퇴하고 있다. 반면, 전자제국은 날로 팽창하며 수시로 나를 유혹한다. 문자제국을 떠나기에는 미련이 너무 많이 남아 있다. 그 많은 책과 연관된 추억과 사랑과 감동의 시간을 어찌 잊을 수 있으랴.

헤르만 헤세가 말하는 독서의 기술

오랜만에 느끼는 문장의 맛이다. 유장한 강물의 흐름 같은 만연체의 문장을 따라가면서 언어의 조합이 만들어내는 풍성한 리듬과 다양한 풍경을 떠올린다. 헤르만 헤세의 독특한 문체는 오랜 기억을 불러온다. 끊어질 듯 이어지고, 형용사나 부사어 같은 수식어가 쉼표를 사이에 두고 나열된 소설의 문체다. 어느새 나의 언어 감각은 간결체에 길들어 있다. 그래서 문장은 직설적이고 건조하다. 서사가 시대를 증언하던 시절을 살았던 이라면, 다양한 언어가 빚어내던 문체의 향연을 잊지 못할 것이다.

"올바른 독자들에게 한 권의 책을 읽는다는 것은, 타인의 존재와 사고방식을 접해 그것을 이해하고자 노력하고 그를 친구로 삼는 것을 뜻한다." 헤르만 헤세의 독서관이다. 그는 노벨상을 탄 작가이자 대단한 독서가였으며 또한 장서가였다. 《헤르만 헤세의 독서의 기술》(헤르만 헤세 지음)은 산문집이다. 작가는 작품으로 말한다. 하지만 작가의 생각을 직접 들여다볼 수 있는 것은 산문이다. 독서와 글쓰기, 예술관과 작가론, 문학과 비평 등에 대한 헤세의 글을 읽노라면 노작가의 무르익은 정신세계에 한발 다가가게 된다.

헤세는 무분별한 독서에 대하여 경계한다. 그는 "남독濫讀은 문학에 대한 영예가 아닌 부당한 대접"이라고 말한다. 심심해서 하는 독서나 교양을 쌓기 위한 독서는 진정한 독서가 아니라고 말한다. 한 권의 책을 읽는다는 것은 "삶에 이바지하고 소용이 될 때에만 가치가 있다."라고 주장한다. 독서가 의식을 고양하고, 삶을 바꿀 때 의미가 있다는 말일 터이다. 헤세는 독서의 질을 강조했다. 또한, 독자의 취향에 따라 책을 선택하되, 편견이나 선입견에 얽매이지 말 것도 주문했다.

시대상을 엿볼 수 있는 부분도 흥미롭다. 세태의 경박성과 시류만을 따라가는 작가에 대한 질타도 있다. 특히, 신문읽기나 연재소설에 대한 부정적 시각은 흥미롭다. 헤세는 "섬세하고 감동적인 언어로 쓰여서 무척 아끼는 책들이라면 때때로 낭독하도록 하라."며 낭독을 권장한다. 헤세는 대단한 장서가藏書家였다. 책을 모으는 구체적인 방법부터 책을 서가에 진열하는 것, 책을 보관하고 관리하는 방법까지 세세하게 서술해놓았다. 이사를 앞두고 서재를 정리하고 짐을 꾸리다가 등허리가 쑤시고 머리가 아프다는 푸념 앞에서는 절로 웃음이 나온다.

헤르만 헤세가 말한 독서의 세 가지 유형은 지금도 곱씹어볼 만하다. 첫 번째는 책을 따라가는 순진한 독자다. 즉, 스스로 독서의 주체가 되지 못하고 맹목적으로 추종하는 독자를 일컫는다. 또 한 부류는 "마치 사냥꾼이 짐승의 자취를 더듬듯 작가를 추적하는" 독자다. 작가의 의도나 작품의 의미를 생각하면서 비판적 독서를 하는 독자를 말한다. 이 정도만 되어도 훌륭한 독자다. 마지막으로 개성적이고 주체적인 독서를 하며 작가나 책으로부터도 완전히 자유로운 독자다. 즉, 책을 읽되 다 읽고 나면 이미 책을 떠난 경지에 이른 사람이라 하겠다.

헤세가 생전에 탐독한 도서목록을 보노라면 입을 다물 수 없다. 중세의 문학과 역사, 근대의 명작과 사상서, 동양의 《도덕경》과 《논어》까지 시대와 대륙을 초월하여 그가 걸어간 독서의 길은 광활했다. 그러했기에 헤세의 삶은 행복했으리라. "중요한 것은 많이 읽고 많이 아는 것이 아니다. 좋은 작품을 자유롭게 택해 날마다 읽으면서 타인들이 생각하고 추구했던 그 깊고 넓은 세계를 감지하고 인류의 삶과 맥, 아니 그 총체와 더불어 활발하게 공명하는 관계를 맺는 일이 중요하다." 이 구절을 읽고 또 읽으면서 가슴에 새긴다.

책이여 영원하라

내 주변에는 책을 재산목록 1호로 꼽는 이들이 꽤 많다. 세상의 모든 가치 중에 책을 우선순위에 두는 이들이다. 유유상종類類相從이라고 나 역시 그런 부류에 속하는 인간이다. 딱히 재산이라 내세울 만한 것도 없거니와 이사할 때 가장 덩치가 큰 것이 책이기 때문이다. 새 책을 펼쳤을 때 코끝을 스치는 냄새도 좋아한다. 또, 오래된 책에서 나는 곰팡내 비슷한 퀴퀴한 냄새조차 기분을 좋게 만든다. 책을 사들여 책상 위에 쌓아두면 마냥 행복하다.

인터넷이 등장하기 전만 해도 책은 귀한 재산이었다. 금박이 번쩍이는 양장판 전집이나 하드커버를 한 두툼한 책은 교양인의 상징이었다. 책은 비싸고 귀한 특별한 존재로 인식되던 시절이었다. 그래서 자식이 책을 산다면 돈을 빌려서라도 손에 쥐어주곤 했다. 어느 날부터 동네 서점이 자본의 폭력에 견디지 못하고 사라졌다. 아쉽고 애석하다. 동네의 문화 사랑방이던 서점이 하나 둘 없어지고 그 자리에 휴대전화 대리점이 들어섰다. 책문화의 몰락이다.

20세기 근대의 지성사를 이끌어왔던 책이 지닌 독특한 가치는 점차 사라지고 있다. 대신에 상업성과 여가 소비를 추구하는 다양한 책들이 그 자리를 메워간다. 다른 상품과는 차별대우를 받던 책이 유감스럽게도 하나의 상품으로 전락했다는 말이다. 나도 다시 볼 가능성이 없는 책은 읽고 나서 버리거나 주변 사람에게 줘버린다. 책은 이제 극진히 모셔야 할 귀한 존재가 아니다. 그저 흔한 물건일 뿐이다.

호주 맥쿼리대학교(Macquarie University)의 미디어학과 교수인 셔먼 영(Sherman Young)은 단호하게 "책은 죽었다(The Book Is Dead: long live the book)"라고 선언했다. 셔먼 영이 말하는 책이란 "사상을 탐구하고 인간과 인간 사이의 대화를 촉진하는 책"을 말한다. 다시 말해 인간의 정신을 고양하고, 깊은 사유를 이끄는 무겁고 진지한 책을 지칭한다. 요즘 문화적 소품처럼 나오는 처세술이나 여행안내서, 다이제스트판 책들, 소형잡지 등은 '책 문화(book culture)'에 낄 수 없는 것들이다. 저자는 책 산업이 지니던 가치와 정체성이 변화했다고 말한다.

컴퓨터라는 뉴미디어는 책이 누려온 권좌를 뒤흔들어 놓을 만했다. 사람들은 이제 더 이상 종이책을 찾지 않는다. 종이책이 지닌 물리적 형태는 전자시대와 어울리지 않는다. 종이책은 아날로그 시대의 사유체계에서 벗어나지 못하는 나 같은 이들이나 종이책을 만질 때 전해오던 짜릿한 감촉의 쾌감에 중독된 자들만이 찾게 될 것이다. 대신 전자책이나 웹진이 중심에 이미 자리했다. 책이라는 존재의 정체성은 내용으로만 정의되지 않는다. 책을 둘러싼 주변과의 상호작용 속에서 개념이 만들어진다. 그렇다면 책은 '내용' 뿐만 아니라 포괄적인 '책문화' 라는 관점으로 바라볼 필요가 있겠다.

책은 단순히 지식이나 정보만을 전하는 매체가 아니다. 책을 선택하고, 읽고, 저자와 대화를 나누고, 읽고 나서 글을 쓰고, 책꽂이에 꽂아두는 모든 행위에 관여한다. 이러한 전 과정을 통해 독자는 책과 깊은 대화를 나눈다. 설사 읽지 않은 책이라도 책을 바라보는 행위 자체가 이미 독서의 한 부분이라 볼 수 있다. 독서라는 행위를 통해 인간은 사유한다. 지식을 소비하는 것과는 차원이 다른 것이다. 셔먼 영은 "책은 죽었다"라고 외치지만, 역설적이게도 책은 영원하리라 믿는다. 종이책만이 지닌 몰입과 내면화된 상호작용의 가치는 점점 커질 테니까. 그리고 나와 타자 사이의 깊이 있고 의미 있는 대화를 이끄는 중요한 동력이니까.

제4장

책을 읽으며 마음을 치유하다

시를 읽는 마음

　주말 아침, 한가로운 마음으로 시집을 넘긴다. 시간에 쫓기며 출근 준비를 하던 여느 아침과는 다르다. 느긋하고 여유롭다. "눈먼 돌부처를 / 툭, 툭 / 깨운 / 저 능소야." (윤금초) 능소화를 보고 눈먼 돌부처를 깨운다고 생각하다니 과연 시인이란 놀라운 상상력의 소유자다. 능청스러운 거짓말이 재미있지 않은가. 짧은 시 구절에 감추어진 의미를 탐색하는 기분이 보물찾기하듯 흥미롭다. 요리조리 구슬려도 보고, 이런저런 이미지를 맞추어 보면서 나도 상상의 나래를 마음껏 펼친다. 한 편의 그림이 완성된다. 희열감이 차오른다. 논리와 이성에 갇혀있던 감성이 활짝 기지개를 편다. 시를 카페에 옮겨 적으면서 맛을 되새김질 한다.

　경제성을 최고의 가치로 여기는 자본주의 사회에서 문학은 돈이

안 되는 항목이다. 그런데 대학 밖에서 개설된 문학교실에는 사람이 넘쳐난다. 이 얼마나 아이러니한 현상인가. 젊은이들보다 나이가 든 이들이 시를 배우겠다고 모여든다. 앞만 보고 달려온 인생, 가족이라는 무거운 짐을 벗어던진 그들은 가슴 속 깊이 묻어둔 꿈을 찾아 나선 것이다. 메마른 세상에서 시를 읽고, 써보겠다는 이가 있다니 작은 희망을 가져본다.

아이들이 초등학교 다닐 무렵이었나 보다. 시내에 나가면 꼭 서점에 들렀다. 책 구경을 하다가 작고한 소설가 이문구의 동시집《이상한 아빠》를 사가지고 왔다. 저녁을 먹고 나서 아이와 나란히 앉아 동시집을 읽기 시작했다. 맘에 드는 동시를 찾아가며 서로 번갈아 읽기를 했다. 처음에는 몇 편만 읽을 생각이었다. 그런데 아이가 재미있다면서 계속 읽자고 했다. 나들이에서 오는 피로감이 엄습해왔지만, 우리 모녀는 동시 읽는 재미에 푹 빠져버렸다. 결국 동시집 한 권을 다 읽고 잠자리에 들었다. 그날의 광경은 언제 떠올려도 행복한 기억이다. 지금은 자라서 집을 떠났지만, 이문구의 동시집을 볼 때마다 아이의 목소리가 귓가에 들려온다. 엄마와 동시를 같이 읽으면서 행복해하던 아이, 그 시절이 사무치게 그립다.

작년에 이사를 하면서 책 정리를 했다. 그런데 시집은 한 권도 안 버리고 챙겨왔다. 아직도 문학에 대한 꿈을 버리지 못하고 살아가는 나를 보고 웃음이 나왔다. 바쁜 세상살이에서 시는 쉼표다. 잠시 쉬어가는 의자다. 속도와 효율성으로 모든 가치가 재단되는 세상에서 자연과 인간을 호흡하는 공간이 시가 있는 곳이다. 그리 많은 시간이 필요한 것도 아니다. 짧은 시는 그래서 이 시대와 궁합이 맞는 문학 장르다. 또한, 상상력과 창의력을 필요로 하는 미래 사회의 코드와도 잘 맞다. 시는 상상력을 기르는 데 제격이다. 시를 쓰는 일은 재능을 타고난 시인의 몫이다. 그러나 시를 읽는 일은 누구나 가능하다. 가방에 시집 한 권 넣어 다니다가 점심 먹고 나서 잠시 쉬는 시간에 시를 읽어 보자. 꽉 막힌 일상 속으로 푸른 하늘이 들어올 것이다.

가볍지만 울림이 있는 책

얼마 전부터 신호가 들어왔다. 재충전할 때가 다 되어간다고. 아직 마무리할 일이 몇 가지 남았는데, 이미 기운이 밑바닥까지 내려갔다. 날씨조차 우중충한 나날이 계속된다. 드넓은 바다 한가운데서 파도에 출렁이는 난파선처럼 사는 일이 갑자기 막막해진다. 어떻게든 나를 일으켜 세워야 한다. 책장 앞에 선다. 나는 멘토를 찾아가듯 황안나 할머니가 쓴 《내 나이가 어때서?》를 꺼낸다.

"예순다섯 인생을 돌아보며 길 위에서 나는 울었다." 황안나 할머니 아름답는 예순 다섯에 "혼자 걸으며 살아온 날도 정리하고, 살아갈 날도 생각해 보고 싶어서" 홀로 국토 종단을 떠났다. 나도 그녀의 책 속으로 들어가 그녀와 함께 걷기 여행을 떠난다. 진솔하고 따스하다. 들꽃처럼 가녀리지만 강인한 생명력이 전해 온다. 나는 자주 그녀의 블로그를 들락거린다. 나이를 잊고 하루하루를 진하고 열정적으로 살아가는 모습이 내게 용기를 준다.

고난과 역경의 시간을 지나온 안나 할머니의 글은 잔잔한 감동과 울림이 있다. 새벽 바이칼 호숫가에서 자신의 마음을 내려놓기 위해 뜨거운 눈물을 흘릴 때는 나도 같이 울었다. 젊은 시절, 연이은 남편의 사업 실패로 오랜 세월 빚을 갚아야 했던 삶은 고달팠다. 빚쟁이가 학교에 찾아오고 월급은 압류되었다. 사람에게 받은 상처는 옹이가 되어 남아 있었다. 생의 얼룩과 상처를 그녀는 혼자 걸으면서 치유한다. 구룡령 고갯길에서 백발이 성성한 남편과 끌어안고 우는 모습은 영화의 한 장면처럼 아름다웠다.

숱한 고비를 넘긴 예순의 나이에 그녀는 비로소 자신이 간절히 하고 싶었던 것들을 하나씩 도전한다. 교직에서 퇴직한 그녀는 매일 마을 뒷산을 오르내린다. 체력을 기른 후에 동네 산악회에 가입하여 젊은이들과 열심히 산행을 즐긴다. 산행의 경험을 바탕으로 스페인 산티아고 순례길, 히말라야 몽골 트레킹, 해남에서 임진각까지 도보여행, 우리나라 해안선 따라 일주하기 등 엄청난 모험을 즐기는 할머니로 변신한다. 이후 방송출연과 글을 쓰는 저자로, 여전히 걷기를 좋아하는 할머니로 인생을 유쾌하고 행복하게 살아간다. 삶이 힘겨울수록 황안나 할머니의 마음속에는 꿈에 대한 열망의 불꽃이 활활 타올랐으리라.

"산다는 것은 자신이 원하는 자리에 자기를 놓아두는 일"이라고 그녀는 말한다. 이 글귀가 내 가슴을 친다. 나는 과연 내가 원하는 자리에 서 있는가. 자주 방향을 잃어버리거나 길을 잃고 헤맨다. "길이 끝나는 곳이 어디 있으랴. 길 끝나는 곳에 또 길이 있는 것을. 언제나 끝은 또 다른 시작이 아닌가." 맞는 말이다. 가끔 앞이 흐리고 안 보였다. 그럴 때마다 나는 그만 그 길에서 내려서고 싶었다. 때로는 현실에서 도망치고 싶은 날도 있었다. 그녀가 내게 말한다. "영원히 살 것처럼 배우고 내일 죽을 것처럼 살아라." 붉은색 펜으로 밑줄을 긋는다. 가슴에 새겨두고 싶은 글귀다.

현실이라는 벽 앞에 가로막혀 오도 가도 못할 때마다 찾는 책이 두어 권 있다. 예전에는 안효숙의《나는 자꾸만 살고 싶다》라는 책을 자주 읽었다. 남편의 사업 부도와 가정폭력을 딛고 일어서서 시골 5일장을 돌며 화장품 장사를 하며 쓴 안효숙의 글은 나를 한없이 부끄럽게 만들었다. 최근에는 도종환의《그대 언제 이 숲에 오시렵니까》같은 책도 가끔 본다. 이런 종류의 책을 읽고 나면 인간에 대한 믿음이 싹튼다. 그리고 내가 선 현실을 냉정히 성찰하게 해준다.

황안나 할머니의 글을 따라 울고 웃다가 한 나절을 다 보냈다. 나만의 치유법이다. 책을 덮고 나서 등산복으로 갈아입었다. 올 들어 가장 추운 날씨란다. 우리 동네 성암산을 다녀온 나는 다시 마음을 일으켜 세운다. 나이가 버겁거나 삶이 너절하다고 느껴질 때마다 나는 생의 질곡에서 건져 올린 이런 책을 읽으며 용기를 얻는다. 가자미처럼 납작하게 엎드려 무력감에 빠져 있던 나를 일으켜 세운 것은 할머니가 쓴 책 한 권이었다. 그녀의 글은 따뜻하다.

고전 읽기의 즐거움

주부들이 둘러앉아 독서토론을 한다. 청소년 도서를 뽑아 '다시 읽기' 를 하기로 했다. 《꽃들에게 희망을》, 《마당을 나온 암탉》, 《어린왕자》, 《데미안》 같은 책을 읽고 토론을 했다. 새로웠다. 책 이름은 분명히 같지만 전해오는 메시지는 달았다. 책이 지닌 질량감을 제대로 가늠해 보기 위해 토론을 했다. 곱씹을수록 단맛이 났다. 어떤 대상 또는 개념을 접했을 때 어떤 프레임을 갖고 있느냐에 따라서 해석이 바뀌기 때문이리라. 지금 내가 지닌 프레임에 따라 작품에 대한 해석이 달라진다. 예전에는 보이지 않았던 숨겨진 부분까지 보였다. 마치 소중한 보물이라도 찾은 것처럼 가슴이 벅차올랐다. 고전이라 불리는 책의 맛이 어떤 것인지 제대로 맛볼 소중한 기회였다.

헤르만 헤세는 청춘을 상징하는 하나의 기호였다. 《데미안》, 《지와 사랑》, 《싯다르타》 같은 작품은 수많은 젊은이의 가슴을 뛰게 만들지 않았던가. 싱클레어는 질풍노도의 시간을 견디게 해준 나의 분신이었다. 나의 데미안을 찾아 밤을 지새웠던 기억이 새록새록 되살아났다. 머리로만 이해했던 '아프락사스'라는 개념이 가슴으로 다가왔다. 여성에게 결혼과 출산의 경험은 그 자체로 아프락사스다. 주부로 살다가 내 이름을 걸고 다시 사회로 나온 일도 내 삶의 또 다른 아프락사스로 기록될 만한 사건이었다. 내 삶의 데미안은 누구일까? 카인과 아벨을 통해 규정된 선과 악은 이 시대에도 유용한 기준일까? 이런 주제로 토론을 했다. 모두 진지한 표정으로 자기 삶의 문제와 연결시켜 이야기를 이어나갔다.

고전 읽기의 가치는 부정할 수 없는 진리다. 그러나 독서 방법에 대해서는 누구도 가르쳐주지 않는다. 지식기능공만 양산하는 학교교육에서 고전읽기는 당위성의 가치만 강조하는 수준이다. 답답하다. 단 한 번이라도 고전을 어떻게 읽고, 어떻게 해석하는지 제대로 가르쳐주었더라면 많은 이들의 삶의 길이 달라졌을 것이다. 이 세상의 어떤 텍스트도 완전무결한 것은 없다. 그래서 비판적 읽기가 필요하다. 독자가 책을 읽으면서 끊임없이 질문하고 '지금 여기' 내 삶의 문제와 연계했을 때 비로소 고전 읽기는 의미를 획득하게 된다. 토론이 필요한 이유다. 고전은 혼자 읽기보다 여럿이 같이 읽어야 한다. 풍성한 해석의 말들이 뒤섞여야 새로운 맛의 비빔밥이 만들어질 수 있기 때문이다.

지금 사회 교육의 현장에서 고전 읽기가 들불처럼 번지고 있다. 주부, 직장인, 은퇴자들이 모여 고전 읽기를 통해서 삶의 가치와 의미를 새롭게 찾아가고 있는 중이다. 완고한 고전의 문을 여는 열쇠는 삶과 시대에 대한 문제의식이다. 책이 머리에만 머무르지 않고 삶의 문제와 연계되었을 때 독서의 의미는 더해진다. 다양한 삶의 경험을 토대로 이야기를 나누다보면 지혜의 말들이 비로소 가슴에 와 닿는다. 무릇 고전이란 지혜와 지식의 고갱이가 쌓인 깊은 우물이 아니던가. "새는 알에서 나오려고 투쟁한다. 알은 세계이다. 태어나려는 자는 하나의 세계를 깨뜨려야 한다." 데미안의 메시지다.

책의 언어로 수다를 떨어라

　주말 아침, 비가 내린다. 마음이 차분히 가라앉는 이런 날은 책 읽기에 좋은 날이다. 어제 오후부터 읽다가 둔 이덕무의 산문집《책에 미친 바보》와 정기문의 《역사란 무엇인가?》를 다 읽었다. 지난 열흘 동안 나는 세 권의 책을 읽어치웠다. 머리가 뒤죽박죽이다. 책의 내용을 빨리 소화해 뇌의 장기 저장고로 보내야 한다.

　나는 책을 읽고 나면 만나는 사람마다 수다를 뜬다. 다행스럽게도 내 주변에는 나의 수다를 받아주는 고마운 지인들이 포진해 있다. 그들은 나의 이런 수다를 인정해주고, 매번 기꺼이 동참해 준다. 독서토론이라는 온전한 형식은 갖추지 않지만 내 나름의 토론을 하는 것이다. 이런 즉석 토론은 매우 경제성이 높다. 따로 시간과 장소를 정하지 않아도 된다.

차를 같이 타고 어디를 갈 때나 식사를 하며 자연스레 이야기를 풀어놓는다. 기억나는 한 구절을 이야기하면서 내 생각을 보태거나, 읽은 내용을 강의하듯이 들려준다. 내 나름의 정보를 처리하는 방법인 셈이다. 이런 말하기를 통해 나는 책의 언어를 일상으로 가져온다. 영양가 없는 수다가 아닌 진정한 대화가 이루어지는 것이다. 일상 속에서 언어가 확장될수록 인간의 의식세계도 깊어진다.

또 한 가지 방법은 글쓰기다. 순간 떠오르는 느낌이나 생각은 글로 써놓지 않으면 금세 사라져버린다. 내가 얻은 지식이나 정보를 나의 언어로 재구성하는 방법이 글쓰기다. 글쓰기를 통해 새롭게 알게 된 지식이나 정보는 기존의 스키마와 함께 버무려지게 된다. 글을 쓰는 것은 말로 풀어내는 행위보다 더 고차원적인 사고력이 필요하다. 글쓰기 자체가 깊은 사고력을 요구하는 행위이기 때문이리라. 무형식의 토론 방식인 수다와 글쓰기는 내가 나름 책을 소화하는 방법이다.

무릇 공부란 읽고 말하고 쓰는 과정 속에서 이루어진다. 말하고 쓰는 과정을 통해 인간의 사유는 더 깊고 풍부해진다. 단순한 개체로만 저장된 정보는 별 쓸모가 없다. 내가 획득한 정보를 지식으로 환원시키려면 꿰는 능력이 필요하다. 즉 재구성하지 않은 정보는 부유하는 먼지 알갱이와 같다. 낱낱의 정보를 유용한 지식으로 만들려면 풍부한 사고력을 통해야 한다. 사고력은 집중적인 독서를 통해 길러진다.

뇌과학자들의 연구에 따르면 인간의 뇌는 단기기억과 장기기억으로 분류된다. 단기 기억은 작업 기억(working memory)이라는 특별한 과정을 거쳐 지식창고로 간다. 작업 기억이 메모지라면, 장기 기억은 서류 정리 시스템과 같다. 장기기억은 우리의 의식 밖에 존재하지만, 개념 이해와 스키마(schema)들을 저장한다. 호주의 교육심리학자인 존 스웰러(John Sweller)는 "지적인 기량의 대부분은 오랜 시간에 걸쳐 획득한 스키마에서 나온다"고 말했다.

독서는 자연스럽게 스키마의 축적을 가져온다. 두텁고 넓은 배경 지식은 지적 능력을 확대해주고, 개념정리를 도와주는 토대가 된다. 글을 읽고, 읽은 책에 대해 말하고, 글을 쓰는 지적 행위는 인간의 특권이자 위대한 능력이다. 이러한 일련의 지적 활동은 독자와 책과의 긴밀한 만남 속에서 가능하다. 책이라는 매체 속에서 저자와 독자가 뜨겁게 용해되고, 활발한 언어교류를 하는 과정 속에서 창의적인 지적 활동이 이루어진다. 그러기 위해서는 주변에 책을 좋아하는 친구들을 많이 두어야 한다. 그들과 자주 책의 언어로 수다를 떨어라. 그러면 만남의 즐거움이 배가 될 것이다.

책과 함께 떠나는 휴가

주말 아침, 비가 내린다. 장마가 끝나자 불볕더위가 곧바로 들이 닥쳤다. 뜨겁게 달아오르던 대지를 식혀주는 비가 고맙고 반갑다. 당장 써야 할 원고 몇 편과 처리해야 할 서류가 나를 압박한다. 머 릿속으로 계속 무얼 쓸까 고민한다. 끝까지 미루고 미루다가 벼랑 끝에 서면 글이 나온다는 것을 경험으로 체득한 나는 또 딴전을 피 운다. 어제 강연회에서 사온 책을 펼친다. 조금 일찍 도착해 책을 사고, 저자의 사인까지 받아온 책이다. 목차를 살펴본다. '순천 선 암사' 편을 펼치고 읽기 시작한다. 광주비엔날레를 거쳐 저자를 따 라 선암사를 한 바퀴 돌고 온다.

금요일 저녁 국립대구박물관에서 열리는 강연회에 갔다. '한국 문화의 뿌리, 유홍준' 강연회였다. 10년 만에 대구에서 다시 열린

강연회는 300석의 강당을 다 채웠다. 이미 한국 문화사에 한 획을 그은 저자는 다시 《나의 문화유산답사기 6》을 세상에 내놓았다. 슬라이드를 보면서 이야기를 풀어나가는 저자의 입담에 시간 가는 줄 모를 정도로 진지하고 재미있었다. 과연 그는 뛰어난 재담꾼이었다. 적당한 유머와 해학을 곁들인 강의는 저자강연회에 대한 나의 선입견을 여지없이 무너뜨렸다. 독자는 저자를 책으로서 만나야지, 강연회를 쫓아다니는 짓은 시간 낭비라는 것이 내 생각이었다. 그런데 어제의 경험으로 나의 이런 고정관념은 여지없이 무너지고 말았다.

나는 한때 전작주의 독서를 했다. 어떤 작가에게 필이 꽂히면 그가 지은 책은 모조리 다 사서 읽었다. 이문열, 김용택, 박완서, 유홍준 같은 이들의 책은 작품집이든 산문집이든 다 찾아 읽었다. 나름대로 장점이 있었다. 작품에 대한 이해와 해석이 훨씬 풍부해졌다. 그런 시기를 지나자 시야가 조금씩 확장되었다. 이미 유홍준의 《나의 문화유 산답사기 1, 2 ,3》권을 독파하고 현장답사까지 다 마친 나는 이제 그의 책은 그만 읽자고 다짐했다. 그런데 지인이 예약해둔 강연회에 가서 또 그의 책을 두 권이나 사고 말았다. 주말 아침이 한 권의 책으로 인해 행복하다면 그런 결심 따위가 무너진들 어떠랴. 간간히 터지는 웃음소리와 함께 풀어내는 저자의 해박한 지식과 해설은 나를 다시 답사기로 유인하는 강력한 힘이었다.

볼거리가 많아진 요즘 아이들은 두꺼운 책만 보면 숨이 막힌다고 한다. 아이에게 책을 읽게하려면 어떻게 해야 할까. 책 속 세상이 영상 세계보다 더 흥미롭다는 것을 경험하게 해주면 된다. 즉, 책과 만나는 계기를 마련해주어야 한다. 저자 강연회나 문학기행, 답사여행 등 길은 도처에 널려있다. 이번 여름휴가는 책을 들고 떠나보자. 작가의 생가를 가보고, 작품의 배경이 되는 공간을 걸으면서 독자는 책과 함께 특별한 만남을 경험하게 될 것이다. 예전에 갔던 곳이라도 책을 읽고 가면 색다르게 다가온다. 책은 내가 존재하는 시공간에 새로운 의미를 부여해주는 매개체다. 그래서 책과 함께 떠나는 여행은 같은 장소일지라도 매번 달라질 수 있다. 이번 휴가는 순천 선암사로 결정했다. 이미 나는 그곳을 서너 번 다녀왔다.

책을 읽으며 마음을 치유하다

부음이다. 전화기 너머로 친구의 흐느끼는 목소리가 환청처럼 들려온다. 오래 지병을 앓던 남편이 하늘나라로 갔다는 전갈이다. 순간 가벼운 현기증이 일면서 아득해진다. 목울대까지 울음이 차오른다. 밤새 잠을 뒤척이다 문상을 갔다. 영정 앞에 절을 하면서 비로소 참았던 울음이 터져 나왔다. 오랜 세월 마음을 나눈 이의 슬픔은 내게도 감정이입이 되어 전해왔다. 고인에 대한 애도보다 혼자 세상을 살아가야 할 친구에 대한 걱정이 앞선다. 어떻게든 친구의 마음을 다독여 주고 싶었다.

몇 년 전, 상실감에 허덕일 때 한 권의 책을 만났다. 소설가 김형경이 쓴 치유에세이 《좋은 이별》이다. 일종의 애도 심리 에세이다. 그 책을 읽으면서 나는 내 안에 묵혀둔 오랜 상처를 치유할 수 있었다. 저자는 "우리 마음의 모든 문제는 잘 이별하지 못하는 데서 생기고, 치유와 성장은 잘 이별하는 데서 비롯된다."라고 말한다. 그렇다. 인간사에는 늘 만남과 이별이 교차하지 않는가. 그런데 우리의 정서상 슬픔을 잘 드러내지 못한 채 가슴 속에 담아둔다. 그러다가 자제력이 약해지는 중년기가 되면 억눌렸던 상처가 우울증이란 병으로 나타난다.

마음이나 몸이 아우성을 치면 그때 사람들은 병원을 찾는다. 최근에는 의학적 치료뿐만 아니라 다양한 치료방법이 있다. 독서치료, 원예치료, 미술치료, 음악치료 등. 현대인은 복잡한 인간관계와 스트레스로 자주 마음을 다치고 쉽게 지친다. 지진 같은 자연재난을 겪은 후나 집단해고 같은 사회적 사고를 당한 이들도 치유의 과정이 필요하다. 때로는 속내를 모르는 이웃이 건너는 어설픈 위로의 말에 더 큰 상처를 받기도 한다. 차라리 말없는 자연이나 책 한 권이 마음의 위안이 될 수도 있다.

독서가 지닌 치유의 힘은 실로 놀랍다. 2011년 3월 11일 오후 2시 일본의 후쿠시마에 대재앙이 닥쳤다. 바다와 육지를 뒤흔든 9.0의 강진에다 뒤이어 몰아닥친 쓰나미는 한순간 평화롭던 마을을 폐허로 만들고 말았다. 쓰나미가 지나간 마을은 참혹했다. 그런데 그 마을에서 가장 먼저 문을 연 가게가 책방이었다. 놀랍지 않은가. 마을 사람들은 천막 책방이라도 열기를 소원했다고 한다. 자연의 재난 앞에 망연자실해 있던 주민들은 책을 읽으면서 다시 일어설 용기를 얻고 살아갈 희망을 가지게 되었다는 것이다. 책을 읽으면서 마음

을 치유하고, 희망의 싹을 틔운 이야기는 독서가 지닌 치유의 효과
를 보여준 좋은 사례다.

독서치료의 역사는 꽤 길다. 많은 사람이 고난이 닥치거나 슬픔
에 빠지면 성경이나 불교 경전을 읽으면서 마음을 다스리지 않았던
가 말이다. 평소에는 지나쳤던 어느 한 구절이 마음을 파고드는 경
험을 통해 치유과정을 거친다. 이럴 때 한 권의 책은 마음의 등불이
된다. 또한, 방황하는 사람에게 삶의 지표를 새롭게 정립해주는 나
침반이기도 하다. 다만 어떤 책이 있는지, 내게 필요한 책이 무엇인
지 잘 모를 뿐이다. 최근에 선풍적 인기를 끈 김난도 교수의 《아프
니까 청춘이다》같은 책도 취업난과 마음의 방황으로 힘들어하는 청
춘에게 주는 일종의 치유 처방전이다.

정서적 위안을 주는 문학작품은 훌륭한 의사다. 일찍이 아리스토
텔레스는 《시학(Poetica)》에서 문학의 중요한 역할이 카타르시스
(catharsis)라고 말했다. 카타르시스란 말의 의미는 관객이 비극을
통해 공포와 연민을 불러일으키고, 나아가 이런 감정을 정화하는
것을 말한다. 독일의 극작가이자 문학비평가인 고트홀드 레싱
(Ephraim Gotthold Lessing)도 "카타르시스가 지나친 감정을 고결
한 기질로 바꾸어준다." 라고 주장했다.

크나큰 상실의 슬픔을 안고 돌아올 친구에게 권해줄 몇 권의 책
을 찾아봐야겠다.

서점의 몰락

육중한 유리문을 밀고 들어가자 시끄러운 음악 소리가 들린다. 마치 대목장 날처럼 왁자지껄한 분위기다. 낯설고 당황스럽다. 잠시 후, 서점의 공간 배치가 바뀌었다는 것을 깨달았다. 저 안쪽에 있던 문구 코너가 출입문 바로 앞으로 자리를 옮긴 것이다. 대신 책장은 문구에 자리를 내어주고 입구에서 먼 곳으로 밀려났다. 전체 면적에서 책이 차지한 공간도 줄어들었다. 이 시대에 책이 지닌 위상을 확인하는 순간이었다. 그런데 내 마음이 씁쓸하다. 당연히 내 것이라 여겼던 자리를 누군가가 밀치고 들어와 차지하고선 너무 당당하게 구는듯한 느낌이었다.

책 구경을 하고, 서너 권을 손에 들었다. 한 권은 서점에서 볼 요량으로 의자를 찾았다. 의자도 사라졌다. 할 수 없이 구석진 곳에

겨우 자리를 잡고 바닥에 퍼질러 앉았다. 책장과 책장이 마주한 그 자리는 다락방처럼 아늑했다. 그 곳에서 나는 시간이 흐르는 줄도 모르고 독서삼매경에 빠지곤 했었다. 그런데 이제 예전의 고즈넉하던 공간이 아니었다. 사람들의 말소리와 시끄러운 음악 소리 때문에 책에 집중하기가 어려웠다.

문제는 공간 배치였다. 문구를 사러온 고객이 책 읽는 사람을 의식할 필요가 없었던 것이다. 그들은 물건을 고르면서 자유스럽게 대화를 주고받았다. 또 한 가지는 음악이었다. 조용하고 차분한 선율의 음악이 아니라 경쾌하고 발랄한 음악으로 매장 분위기를 문구에 맞게 바꾸었다. 문구가 주업이고, 서적은 부업으로 자리바꿈을 했다. 당연히 책장에 진열된 책의 종류도 줄어들었다.

예전에는 동네마다 작은 서점이 하나씩 있었다. 자본은 시장경제를 등에 업고서 동네 서점을 지상에서 완전히 추방해 버렸다. 서점은 단순히 책을 사고파는 물리적 공간 그 너머의 의미가 있었다. 동네의 문화 사랑방이었다. 무료하거나 심심하면 동네 서점으로 자주 마실을 가곤 했었다. 동네 서점은 내게 특별한 의미를 지닌 장소였다. 명절 때마다 어린 조카들을 데리고 동네 서점에 가서 그림책을 사주기도 했었다. 그런 추억의 공간이 자본의 횡포로 사라지는 것을 속수무책으로 바라만보고 있다.

서점의 몰락은 곧 책의 몰락을 의미한다. 호주 맥쿼리대학 미디어학과 교수인 서먼 영(Sherman Young)은 "책은 죽었다. 책이여, 영원하라"며 책의 죽음을 선언했다. 그의 선언은 비장하고도 강렬하다. 그는 "우리에게 가장 필요한, 인간성을 갈고닦도록 이끌어왔던 책만의 독특한 가치는 점차 퇴색되고 있다."며 안타까움을 토로했다. 그렇다. 책은 뉴 미디어의 등장으로 뒷방 늙은이 신세로 전락했다. 책을 주인으로 모시던 서점도 함께 죽었다. 서점을 참새방앗간처럼 드나드는 나 같은 사람이 즐겨 찾는 문화공간이 점점 사라져간다는 사실이 가슴 아프다.

편리하고 간편한 인터넷 서점이 있는데, 무얼 그리 안타까워하느냐고 반문할 수도 있다. 인터넷 서점에는 일방적인 상거래만 있을 뿐, 책을 구경하고 만지며 느끼던 즐거움은 없지 않은가. 인터넷 서점은 뚜렷한 목적의식을 가진 고객들만 드나든다. 그들은 자신의 목적만 달성하면 된다. 굳이 책을 사지 않더라도 책이 가득 꽂힌 책장 사이를 천천히 거닐면서 친숙한 작가의 책을 빼보거나, 한때 나를 감동시킨 문장을 찾아보는 따위의 놀이가 불가능해졌다. 아쉽고 허전하다.

어떤 공간이 지니는 의미는 다층적이다. 그 공간을 차지하는 물리적 존재의 속성에 따라 주변이 달라진다. 우리 동네에 주점이 들어오는 것과 헌책방이 생기는 것은 엄청난 의미의 차이를 발생시킨다. 서점의 몰락은 필연적으로 정신문화의 쇠퇴를 동반한다. 그러나 최근 동네 문화공간을 가꾸려는 헌책방이 도심 에 하나둘 등장하고 있다. 반가운 소식이다. 책 산업은 항상 문화와 상업의 접점에 놓여 있다. 그 헌책방들이 부디 자본과의 전투에서 살아남기를 기도한다.

책에 대한 집착과 버리기

이사를 앞두고 이삿짐센터에서 사전 방문을 왔다. 책장에 꽂힌 책을 보더니 고개를 내젓는다. 책이 많아서 추가 요금을 부담해야 한다고 말했다. 그 사람들 말로는 책이 무겁고 정리하기 어려운 품목이란다. 며칠 동안 고민을 했다. 설사 추가요금을 감수하며 책을 가져간다고 해도 다시 정리하는 일도 만만찮은 작업이다. 그동안 몇 번 이사하면서 책 때문에 골병이 들었다. 책을 묶고 정리하느라 어깨가 내려앉듯 아프고, 손바닥에 벌겋게 열이 났다. 또 무거운 책을 들고 앉았다 섰다를 하고 나면 허리가 끊어질 듯 아팠다. 책을 소유한 자가 감당해야 하는 노역의 결과물이었다.

책장을 죽 훑어본다. 가지런히 책장에 꽂힌 책 가운데 두 번 이상 보는 책은 몇 권 되지 않는다. 과감하게 결단을 내렸다. 이참에 꼭 필요한 책만 남기고 정리하자고. 책에 대한 욕심도 물욕과 같다는 생각에 이르자 마음이 가벼워졌다. 다른 것에 욕심을 내어 사재기하는 사람이나 책에 욕심을 내는 것이나 무엇이 다른가. 나는 다른 것에 무관심한 대신에 책에 대한 욕심은 누구보다 과하다. 읽고 싶은 책은 빌려보지 못하고 꼭 사서 보았다. 한 권씩 책장에 책이 꽂힐 때마다 부자가 된 듯 흐뭇했다. 그렇게 쌓인 책이 감당할 수 없을 만큼 불어났던 것이다.

책을 버리기로 결심하기가 쉽지 않았다. 한 권 한 권 책을 살 때의 기억이 생생하게 떠올랐다. 며칠씩 밤을 새워 읽고 나서 마지막 장을 덮고 벅찬 감동으로 가슴 떨렸던 책도 있다. 꼭 한 번 더 읽어야겠다고 다짐했던 책도 보인다. 맨 앞 장 속지에 책을 산 날짜와 장소, 내 이름이 보인다. 아쉬운 감정이 밀려왔다. 거금을 주고 산 《민족대백과사전》과 《브리태니커사전》도 정리하기로 했다. 《창작과비평》 영인본 전집도, 《태백산맥》, 《아리랑》 같은 대하소설도 정리 항목에 넣었다. 열심히 밑줄 쳐가며 읽었던 사회과학 서적도 노끈으로 묶었다. 그렇게 나는 한 시대와 작별을 고했다.

예전에는 책이 재산이었다. 책이 귀하기도 했거니와 지식에 대한 존중의 정서가 책을 귀하게 여기게 했던 것 같다. 그러나 컴퓨터라는 새로운 매체의 등장은 책에 대한 가치 개념을 바꾸어 놓았다. 이제 책은 소비재로 전락했다. 지식을 쟁여놓고 자랑하기보다 어떻게 활용하는가가 더 중요해졌다. 그동안 읽은 책을 집에서 떠나보내며 내 삶과 정신을 풍요롭게 해준 그들에게 감사의 인사를 했다. 책이 없었더라면 지난하고 외로웠던 시간을 어떻게 견뎠을까. 책은 내게 친구이자 절대자였다. 힘들어 주저앉고 싶었을 때 용기를 불어넣어 준 구절에 밑줄이 쳐져 있다. 포기하고 싶었던 유혹을 넘어서게 해 준 것도 책이었다.

그날 이후, 나는 책에 대한 새로운 방법을 실천하고 있다. 책을 읽고 나면 그 책을 읽을 만한 사람에게 곧바로 건네준다. 그러니 책이 집에 쌓이지 않아서 좋다. 내 주변에도 수만 권의 책을 소유한 장서가가 많다. 그들의 고민도 예전의 나와 비슷하다. 책에 대한 소유의 집착에서 벗어나기까지 나는 꽤 비싼 비용을 치른 셈이다.

글쓰기, 독서의 완성품

주변에 글쟁이가 꽤 많다. 세상살이란 삶의 지향과 취향에 따라 인간관계가 맺어지기 마련이다. 그래서인지 시인이나 수필가, 평론가 같은 이름을 달고 책을 낸 지인들이 많다. 5,60대 기성세대에게는 자신의 이름으로 책을 낸다는 것은 대단한 일이다. 문인이라는 타이틀에 대한 자긍심도 높다. 그들은 글을 쓰면서 자신이 살아온 삶을 되돌아본다. 한 가지씩 기억을 끄집어내어 반추하고 의미를 부여하는 과정은 자신의 존재가치를 높여주었다. 황혼에 접어든 이에게는 지나온 삶을 정리하고 남은 생을 계획하는 출발점이 되기도 한다. 나도 문학 동네 언저리를 맴돌다가 슬쩍 끼어들어 글쓰기를 해온지도 여러 해가 흘렀다.

돌이켜보면 나는 운이 좋은 편이다. 부모로부터 물려받은 우성

유전인자인 언어영역의 재능을 살려 문학을 공부했다. 또한, 섬으로 내려가 살게 되면서 남아도는 시간을 주체할 수 없어 시작한 독서와 글쓰기는 내 삶의 중요한 전환점이 되었다.

한국에서 타고난 재능을 살려 자신이 좋아하는 일을 하면서 사는 것이 어디 쉬운 일인가 말이다. 독서와 글쓰기가 세상살이의 큰 무기가 될 줄은 몰랐다.

언어는 지적 활동에 강력한 영향력을 끼친다. 책의 진화와 더불어 발달한 읽기와 쓰기는 자아의 형성과 정체성, 문화에서 중요한 도구로 등장했다. 인간은 선천적으로 이런 기술을 타고나는 것이 아니다. 인간은 상징적인 문자 체계를 이해하고, 다른 언어로 변환하는 법을 배우면서 문명을 창조하고 문화를 향유하는 존재로 진화해 올 수 있었다. 더군다나 글은 인간이 걸어온 문명의 과정을 문자로 기록하고 차원 높은 지적 성취를 가능하게 한 바탕이 되었던 것이다.

컴퓨터라는 미디어가 등장한 후, 글쓰기의 대중화가 시작되었다. 글을 쓰는 것이 이제 더 이상 특별한 재능이 아닌 것이다. 누구나 자신만의 이야기를 글로 쓰고, 자비를 들여 책도 펴낸다. 문화센터 여기저기서 창작교실이 열린다. 시인이 되고 수필가로 등단하면서 새로운 삶의 의미를 찾아가는 것은 의미 있고 가치 있는 일이다.

독서가 입력이라면 글쓰기는 출력이다. 독서가 수반되지 않는 글쓰기란 문학적 수사나 유명 작품의 흉내 내기로 치닫기 마련이다. 무릇 글쓰기란 자의식을 가진 주체가 객체인 세상과 인간을 바라보는 자기만의 창이 아니던가. 읽기라는 독서에 대한 공부는 제쳐놓고 문인이라는 이름에만 욕심을 낸다면 한계는 분명하다. 비좁은 낭만주의의 틀에 갇혀 세계에 대한 심오한 본질을 탐구하지 못한 채 아마추어리즘에 머물고 만다.

문제는 제대로 읽기다. 독서를 제대로 하기 위해서는 집중과 절대적인 시간이 필요하다. 그리고 같이 담론을 나눌 스승 혹은 동무가 있어야 한다. 세상의 모든 일이란 순서가 있는 법이다. 독서와 사유, 글쓰기라는 순차적 절차를 무시한 채 결과물에만 매달리는 이들이 너무 많다. 그래서 거의 잡담과 소음에 가까운 글이 양산되고 있다.

글쓰기란 지적 활동의 총체적 산물이다. 글쓰기를 통해 삶의 지평이 넓어지고, 세상을 바라보는 프레임이 변해야 한다. 아는 만큼 보이고 느낀 만큼 쓴다. 글쓰기 교실이나 창작 교실에서도 가장 먼저 '제대로 읽기' 부터 공부해야 한다. 물론 세상 읽기도 중요한 공부다. 그러나 지적 공부가 수반되지 않는 공부는 피상적 느낌 그 너머의 세상과 만나기 어렵다.

독서를 통한 지식의 축적은 다양한 해석의 길을 열어준다. 글쓰기도 세상에 대한 저자의 해석이다. 배경지식이 풍부할수록 해석의 지평도 넓어진다. 독서라는 지적 행위 뒤에 다가오는 가슴 뻐근한 감동과 전율을 맛보지 않고서 어찌 감동적인 글을 쓸 수 있겠는가.

독서라는 유배지에 기꺼이 자신을 던질 때 새로운 길을 만날 수 있다. 고요한 독서의 길에서 무르익은 생각은 새로운 언어로 탄생

된다. 글쓰기는 독서의 완성품이다. 읽기와 쓰기의 조화와 균형은 이 시대 공부의 중요한 덕목이자 윤리이다. 절름발이 글쓰기에 대한 반성과 성찰이 절실하다.

신문 읽기를 통해 세상을 배우다

어린 시절, 우리 집에는 매일 신문이 배달됐다. 정확히 말하면 이틀쯤 지난 구문舊聞을 우체부 아저씨가 배달해 주었다. 학교를 갔다 오면 어머니가 조용히 앉아 신문에 연재되던 역사소설을 읽고 있었다. 누런 띠를 두른 신문은 그 당시 귀한 읽을거리였다. 식육점에서 고기를 사면 신문으로 싸서 주었다. 두부도, 고등어도 비닐봉지 대신 신문으로 감싸서 들고 오던 기억이 있다. 또, 화장실 휴지로 사용되기도 했다. 신문은 소식을 전하던 매체를 넘어 생활 속에서 다양한 용도로 활용되던 귀한 자원이었다.

언제부터 신문을 읽기 시작했는지 모르겠다. 동화책이 귀했던 시절이라 글을 깨우친 후 자연스럽게 읽게 되지 않았을까 싶다. 예전 신문은 한자가 많았다. 한자를 몰라 답답해하던 나는 부모님께

물어가면서 저절로 한자를 깨우쳤다. 텔레비전이 등장하면서 신문에 대한 호기심은 옅어졌다. 그 이후에도 내 곁에는 늘 신문이 있었다. 신문 보기는 일상이 되었다. 잉크 냄새가 채 가시지 않은 아침신문을 펼칠 때 전해오던 짜릿한 흥분감마저 즐기게 되었다.

작은 시골 면 소재지에서 성장한 나는 신문을 통해 바깥 세상을 만났다. 그곳에는 내가 알지 못하는 미지의 세상이 전개되고 있었다. 사회면을 가장 열심히 읽었던 것 같다. 고바우와 왈순아지매 같은 만화도 매일 보았다. 흥미진진한 이야기와 온갖 사건이 담겨 있는 신문은 어떤 소설보다 재미있는 읽을거리였다. 성장 과정에서 만난 신문은 세상을 바라보는 나만의 의식을 가지게 해주었다. 미디어가 인간의 사유체계에까지 깊은 영향을 끼친다는 사실을 고려하면 신문은 나를 만든 또 하나의 스승이었다.

독서의 범위가 점차 확대되고 있다. 책에서 신문, 텔레비전, 컴퓨터 읽기로 확장되었다. 더 나아가 풍경 읽기, 마음 읽기의 영역까지 포함한다. '읽는다' 라는 말의 의미가 단순한 문자해독이라는 좁은 범주가 아니라는 것을 말해준다. 지금 이 시대는 텍스트에 담긴 지식과 정보 수용의 차원을 넘어 독자가 의미를 재구성하는 해석의 단계로까지 나아가야 한다. 즉 비판적 읽기다. 비판적 읽기는 사고력과 밀접한 관련이 있다. 교육에서 핵심 키워드가 된 논리적 사고력과 창의력을 기르려면 읽기를 제대로 배워야 한다.

취미가 뭐냐고 물으면 신문읽기라고 말한다. 얼마 전에는 절친했던 옛 친구 아버지의 부고를 아침 신문에서 보았다. 장례식장으로 문상을 간 나는 오랜 친구와 해후할 수 있었다. 영상의 시대에 신문이 차지했던 영토는 점점 줄어든다. 활자 매체가 누린 지난 시절의 영광은 다시 찾을 수 없지만, 신문은 또 다른 모습으로 독자에게 다가가고 있다. 신문 읽기는 '지금 여기'의 문제를 자각하게 해주고, 인간을 '생각하는 존재'로 살아가게 해주기 때문이다. 나는 오늘도 모바일이 아닌 종이 신문을 펼쳐놓고 읽는다.

제5장
심심해야 책을 읽는다

어느 봄날의 풍경

벚꽃 잎이 분분하게 흩날리던 날, 동네 강변으로 산책을 나갔다. 강변을 따라 도열한 벚나무는 낙화의 절정으로 치닫고 있었다. 많은 사람이 해거름에 원색으로 피어나는 봄꽃을 감상하며 산책을 하고 있었다. 그때 낯선 풍경 하나가 내 눈에 들어왔다. 30대 후반의 젊은 남자가 꽃그늘 아래서 책을 읽고 있었다. 옆에는 자전거가 세워져 있었다. 일부러 그와 얼마간 거리를 두고 자리를 잡고 앉았다. 내 시선은 계속 그 남자에게로 향했다. 그가 읽고 있는 책이 궁금했다. 한 참을 주시했으나 그는 독서 삼매경에 빠진 듯 고개도 들지 않았다. 연분홍 꽃잎이 그 남자 주변에 눈처럼 내리고 있었다.

대중교통을 이용하던 시절이 있었다. 많은 이들이 불편하지 않으냐고 물었다. 택시를 타거나 조금 일찍 서두르면 크게 문제가 될 것은 없었다. 얼마 후 차를 마련하고 직접 운전을 하게 되었다. 그 결과 전 보다 편리하고, 시간도 절약할 수 있었다. 얻는 것이 있으면 잃어버리는 것도 있기 마련이라는 것이 살면서 터득한 세상사의 이치다. 자동차가 주는 편리함에 비해 놓치는 것이 생각보다 많았다. 걷는 것으로 기본적인 운동량은 채웠는데, 차를 타다 보니 따로 운동을 해야만 했다. 거리마다 숨어 있는 일상의 풍경도 지나치게 되었다. 더 큰 문제는 차로 이동하는 시간 동안 신문은 물론 책도 못 본다는 사실이었다. 차를 타고 오가는 시간은 라디오나 음악을 듣는 청각 활동으로 대체되었다.

내가 사는 경산에서 일터가 있는 하양까지는 버스로 한 시간 정도 걸린다. 출퇴근 시간만 아니면 늘 자리에 앉아 갈 수 있었다. 그날 신문을 다 읽고 나면 버스는 목적지에 도착했다. 관심 있는 지면을 꼼꼼하게 다 읽고, 덤으로 몇 개 더 읽을 수 있었다. 시외로 장거리 이동을 할 때는 더 좋았다. 두어 시간 걸리는 목적지로 기차나 시외버스를 타면서 가져간 잡지나 책을 거의 다 읽을 수 있었다. 집에서 읽을 때보다 집중도 잘 되었다. 지하철은 흔들거리지 않아 더 좋다. 시내 서점에서 산 빳빳한 신간을 펼칠 때의 짜릿한 기분을 만끽하는 공간이기도 하다.

오래전, 서울에 가서 지하철을 탔다. 놀라운 광경은 많은 사람이 책을 보거나, 심지어 서서 신문을 보는 젊은이도 있었다. 이런 풍경은 점점 사라져 간다. 최근에는 대부분 핸드폰이나 스마트폰에 시선을 꽂고 있다. 가끔 대학생으로 보이는 젊은이가 책을 보고 있어서 자세히 살펴보면 영어책이거나 수업교재다. 디지털 시대가 낳은 신풍속도다. 하긴 스마트폰으로 책도 보고, 뉴스도 보는 시대가 아닌가. 나처럼 활자 매체에 집착하는 사람은 시대에 한참 뒤떨어진 원시인 취급을 받는 날이 올지도 모른다. 봄꽃은 지고 없다. 하지만 정물처럼 앉아 책을 읽던 그 남자는 올봄에 만난 가장 아름답고 멋진 풍경이었다.

우리 동네에도 기적의 도서관을

봄이다. 강변의 벚꽃이 만개하여 꽃구름을 연출한다. 연분홍 벚꽃잎 사이로 펄럭이는 현수막 하나가 내 눈길을 잡아끈다. "즐거운 책읽기, 꿈꾸는 아이들, 행복한 동네 - 옥곡동 도서관 만들기 함께해요" 경산 옥곡동의 젊은 주부들이 동네 도서관을 짓기 위해 뭉쳤다. '경산도서관친구들'이란 모임을 만든 주부들은 생활비를 절약해서 모은 돈으로 홍보 전단을 만들어 학교 앞에서 돌리고 주민 서명도 받고 있다. 아파트 엘리베이터 안에 붙여놓은 "기적의 도서관 만들기" 서명 용지는 이틀 만에 칸이 다 찼다. 봄꽃과 함께 날아온 훈풍이다. 초등학교 자녀를 둔 이들의 꿈은 걸어서 10분 거리에 있는 동네 도서관이다.

전라남도 순천은 도서관의 도시다. 인구 27만의 중소도시에 시립

도서관 6곳과 작은 도서관이 무려 42곳이나 있다. 전국적인 모범사례로 타 자치단체의 벤치마킹 대상이 되고 있는 순천시는 작은 도서관에 대해 적극적인 지원을 하고 있다. 부러운 광경이다. 도서관은 이제 단순히 책을 빌려주는 곳이 아니다. 동네 주민들의 문화 사랑방이기도 하다. 아이들은 따뜻한 온돌방에서 엄마가 읽어주는 그림책을 보고, 옆방에서는 할아버지 할머니들이 인문학 강좌를 듣는 광경을 상상해 보라. 김해의 어느 아파트는 작은 도서관이 생기고 좋은 문화프로그램이 운영된다는 소문이 나자 아파트 값이 올랐다고 한다. 도서관이 삶의 풍경을 바꿔놓고 있다.

최근 '경산시 작은 도서관 운동본부'가 발족하였다. 시의원과 10여 개의 시민사회단체가 뜻을 모아 작은 도서관 건립을 위한 조례 제정 운동을 시작했다. 시민들이 낸 세금으로 작은 도서관을 만들고, 운영에 필요한 경비를 지원하자는 시민운동이다. 허울뿐인 '교육도시 경산'의 면모를 바꾸자는 변화의 물결에 나도 동참하여 힘을 보탠다. 물질적 풍요보다 삶의 질을 추구하는 변화의 바람이 솔솔 불고 있다. 그 나라의 과거를 보려면 박물관에 가고, 현재를 보려면 시장에 가고, 미래를 보려면 도서관에 가라는 말이 있다. 도서관 운동은 거스를 수 없는 이 시대의 도도한 흐름이다.

세상이 참 많이 변했다. 교과서 밑에 소설책이나 만화책을 숨겨놓고 선생님의 눈길을 피해가며 감질나게 읽었던 기성세대에겐 낯선 풍경이다. 학교에서 권장 도서 목록을 나누어주고, 독서퀴즈 대회니, 다독상이니 온갖 제도를 만들어 아이들에게 책을 읽히려 애를 쓴다. 책이 학교 교육의 중심에 섰다. 그런데 도서관이 너무 멀다. 차를 타고 마음먹고 나들이하듯 가야한다. 집 가까운 곳에 작은 도서관이 있으면 가정마다 비싼 책을 박스로 사지 않아도 된다. 아이에게 부모가 책 읽는 모습을 보여주는 것만큼 좋은 교육은 없다. 도서관은 공공의 자산이다. 아래에서 시작된 작은 도서관 운동은 우리 사회의 문화 지도를 바꿔놓을 것이다.

심심해야 책을 읽는다

　젊은 날, 나는 활자중독증으로 고생을 했다. 책이든 신문이든 잡지든 활자로 된 무언가가 없으면 불안해서 견딜 수가 없었다. 집을 나설 때는 꼭 책을 챙겼다. 심지어 식당에 가서도 신문이 눈에 띄면 밥을 먹으면서 읽었다. 밤에도 머릿속을 활자가 스멀스멀 기어다니는 것 같아 깊은 잠을 잘 수가 없었다. 아침에 책 한 권을 집어 들면 새벽까지 그 책을 다 읽어야 잠자리에 들었다. 당연히 불면증에 시달리며 늘 머리가 무거웠다. 책의 폭식이었다. 증세가 심각한 것을 깨닫고 난 후에는 책 보는 시간을 줄여나갔다. 책을 읽지 않으면 불안하던 강박증에서 벗어나자 독서가 놀이처럼 즐거워졌다.

　평범한 주부였던 내가 독서광이 된 것은 순전히 심심함 때문이었다. 학창시절에는 친구들과 놀러 다니느라 책을 열심히 읽지 않았다. 결혼을 하고 남녘의 섬에 내려가 살게 되었다. 갑자기 친지나 친구들과 격리되어 섬으로 유배된 나는 남아도는 시간을 주체할 수가 없었다. 남편이 출근하고 나면 12시간 가까이 혼자 시간을 보내야만 했다. 심심해서 신문의 부고란까지 다 읽었다. 책장에 꽂혀 있던 책을 한 권씩 꺼내 다시 읽기 시작했다. 그리고 당시 일간지에 소개된 신간은 거의 다 사보았다. 나는 점점 책 속으로 빠져들었다.

처음에는 소설책을 주로 읽었다. 다산 정약용의 삶을 소설로 쓴 《목민심서》라는 다섯 권짜리 소설을 재미있게 읽었다. 그 책을 다 덮기도 전에 추사에 대한 호기심이 들불처럼 일어났다. 추사와 차에 관한 책을 사보았다. 한 권의 책은 또 다른 책으로 연결되었다. 그렇게 거미줄처럼 뻗어 간 호기심은 예술이나 역사, 철학으로 나아갔다. 박경리의 《토지》는 반년에 걸쳐 읽었다. 마지막 장을 덮었을 때 가슴에서 차오르던 희열감을 잊을 수가 없다. 한 작가의 작품이 맘에 들면 산문집까지 다 사보는 전작주의 독서를 했다. 책을 읽고 나면 세상이 다르게 보였다. 그때 보이는 세상은 그전에 내가 알던 세상과는 확연히 달랐다.

독서는 어느 시대나 강조되어 온 이데올로기다. 세상이 빠르게 변화하면서 볼거리가 너무 많다. 눈만 돌리면 유혹하는 영상은 잠시도 시선을 활자에 머물지 못하게 한다. 특히 학생들에게 독서는 교양이 아니라 필수과목이다. 모든 공부의 기초다. 그런데 너무 바쁘다. 학교공부에 학원, 컴퓨터만 켜면 난무하는 온갖 영상물에 포위되어 있다. 심심해야 책을 보는 데 말이다. 책을 읽으라고 강요하

기 전에 환경을 만들어주어야 한다. 좀 심심하도록 내버려두면 안
될까? 그래야 책을 찾게 된다. 다산도 강진 유배 시절 동안 엄청난
독서와 많은 책을 저술했다. 나 역시 섬에서 보낸 유배의 시간이 나
를 독서광으로 만들어주었다. 심심해서 읽게 된 책이 지금까지 내
밥벌이의 원천이 되고 있다. 그 샘물은 어지간한 가뭄에도 잘 마르
지 않는다.

어린이날 받은 최고의 선물

어린이날을 며칠 앞둔 어느 날, 작은 소포 꾸러미를 받았다. 나와 동생 앞으로 온 선물이었다. 동화책이었다. 수도원에서 수사로 있는 친척 오빠가 보내준 것이었다. 책이 귀하던 때라 그 기쁨은 말로 표현할 수 없을 만큼 컸다. 난생 처음 선물로 받은 동화책은 신기하고 재미있었다. 책 표지가 너들너들하도록 읽고 또 읽었다. 그때 받은 동화책은 보물처럼 꽤 오랫동안 간직했었다. 나중에 우리나라에서 큰 인기를 얻은 '레오리오니'의 그림 동화와 '트리나 폴러스'의 그림동화책이었다. 두 작가의 작품에 내재된 가치관은 내 삶에도 많은 영향을 미쳤다.

슐리만은 흙 속에서 반짝이는 무언가를 보았다. 그는 인부들을 철수시켰다. 조심스레 흙덩이를 걷어내는 순간 황금유물이 그의 눈

앞에 펼쳐졌다. 어린 시절, 그림책에서 본 불타는 트로이의 실체를 확인하는 순간이었다. 슐리만은 여덟 살이 될 무렵 아버지에게 크리스마스 선물로 받은 《어린이를 위한 세계사》라는 책을 읽고 트로이 유적을 찾아내겠다는 꿈을 품는다. 그 꿈을 이루기 위해 슐리만은 돈을 열심히 벌고, 외국어를 독학으로 익히고, 늦은 나이에 고고학을 공부한다. 슐리만은 자서전의 서두에서 "모든 발굴 작업이 어린 시절에 받았던 여러 가지 감명에 의해 크게 좌우되었다."라고 술회했다. 어린 시절에 만난 한 권의 책이 그의 삶을 일구는 강력한 동력으로 작동된 것이리라.

한 권의 책이 인간의 운명을 좌우하기도 한다. 책은 인간의 호기심과 열정을 끝없이 부추기는 강력한 마력을 갖고 있기 때문이다. 슐리만 역시 한 권의 책에서 시작된 호기심이 불씨가 되어 마침내 트로이를 발굴하지 않았던가. 아이를 키우면서 생일이나 어린이날에는 거의 그림책이나 동화책을 사주었다. 친구 아이나 조카들 선물도 성장단계에 맞는 책을 선물했다. 과도한 직업병의 발로였는지도 모르겠다. 그러나 내가 선물해준 책이 그들의 성장 과정에 보이지 않는 역할을 했으리라 믿는다. 어린 시절에 읽은 책에서 받은 강렬한 인상은 무의식의 세계나 가치관에 많은 영향을 끼친다.

우리나라 어린이들의 행복지수가 OECD국가 중 꼴찌라는 것이 발표되었다. 충격이 아닐 수 없다. 부모는 자신의 욕망은 접어두고 무엇이든 다 사주는데, 아이는 별로 행복하지 않단다. 그렇다면 궤도를 수정해야 하지 않겠는가. 어린 시절의 행복을 미래에 저당 잡힌 아이가 과연 미래에 행복한 인간으로 살아갈 수 있을까. 엊그제가 어린이날이었다. 먹는 것, 입는 것, 읽을 것이 넘쳐나는 풍요의 시대에 태어난 아이들인지라 선물도 부모 세대와는 차원이 다르다. 수 십 만 원짜리 게임기나 명품 옷이나 신발을 안겨준다. 또한, 재벌 할아버지는 대여섯 살 손자에게 수백억 원의 주식도 선물한다. 격세지감이다. 동화책 한 권에 뛸 듯이 기뻤던 오래된 기억을 떠올려본다.

빌뱅이 언덕의 예수, 권정생

　　신록이 눈부신 5월이다. 아동문학가 권정생 선생님께서 살았던 집을 찾아가는 길이다. 안동시 일직면 조탑동. 마을 앞에 5층전탑이 있어 조탑동이란다. 애기똥풀 꽃이 개울가에 지천으로 피어나 나그네를 반겨준다. 연두와 노랑의 조화가 싱그럽다. 길가에 작은 교회가 보인다. 종탑도 그대로다. 선생님은 교회의 문간방에서 종지기로 지냈다. 결핵으로 밤새 고통에 시달린 선생님은 차가운 공기를 가르며 새벽마다 일어나 종을 쳤으리라. 다행스럽게도 주물로 만든 작은 종은 그대로 남아 있다. 시골의 작은 교회는 선생님의 대표작인 《강아지 똥》의 산실이다. 날마다 새벽하늘에 종소리를 울리면서 무슨 생각을 하셨을까? 아마도 선생님은 하늘에서 빛나는 샛별이 되어 조탑동 마을을 굽어보실 것이다.

마을 안길을 걸어간다. 토담 아래 피어나는 노란 민들레가 정겹다. 외딴곳, 느티나무가 우거진 개울가에 주홍색 지붕이 보인다. 두 칸으로 된 흙집이다. 가슴에서 뜨거운 것이 치밀어 오른다. 부끄럽고 또 부끄럽다. 아무도 꾸짖지 않는데 나도 모르게 눈물이 고인다. 방문 위에는 비닐 장판을 접어 꼭꼭 눌러쓴 소박한 문패를 못으로 박아놓았다. 권정생, 세 글자가 뚜렷하다. 이 작은 누옥에서 아픈 몸을 이끌고 《몽실언니》,《점득이네》,《비나리 달이네 집》같은 명작을 쓰셨단 말인가. 댓돌과 빨랫줄, 강아지 두데기가 살았던 개집이랑 수돗가 부추밭은 그대로다. 선생님은 집 뒤 빌뱅이 언덕에 한 줌 재로 영면하셨다.

한국 아동문학사에서 권정생 선생님께서 남긴 발자취는 깊고도 크다. 일생 일제 식민지, 해방, 한국전쟁, 가난, 질병, 고통의 시간을 고스란히 다 겪으신 선생님. 말 그대로 '오물덩이처럼 뒹굴면서' 살아오셨다. 평생 병마에 시달리면서도 해맑은 아이들의 눈을 떠올리면 동화 쓸 힘이 생긴다고 했다. 한국 근현대사의 질곡을 온몸으로 헤쳐 나온 작가는 아이들에게 전쟁의 아픔과 평화를 역설하셨다. 선생님은 살아 있는 예수였다. 길가에 떨어진 흙덩이도 강아지 똥도 모두 존재로서 가치가 있다는 것을 우리에게 가르쳐준 위대한 스승이기도 했다. 우주의 모든 생명체에 대한 연민과 사랑을 담은 《하느님의 눈물》은 아동문학의 자리가 어디인지를 말해준다.

적잖은 인세를 받으셨지만, 한평생 가난하게 살다 가신 선생님. 5월 17일은 권정생 선생님의 4주기다. 인세는 굶주리는 북한의 아이들과 가난한 나라의 어린이를 위해 써달라고 유언하셨다. 이 땅의 아이들과 어른들에게 몽실언니와 같은 착한 마음으로 살아가기를 바랐던 선생님. 욕심 부리지 말고, 싸우지 말고, 착하게 살아야 한다고 말해줄 사람이 이젠 없다. 낡은 라디오와 모서리가 닳은 작은 밥상, 뒤꿈치를 실로 꿰맨 고무신 한 켤레는 선생님이 남은 자들에게 전하는 무언의 메시지다. 조탑동을 다녀오면 착하게 산다는 것이 어떤 의미인지 조금은 알 것 같다. 힘들지만, 서로 위로하고 도우면서 살아야 한다고 다독거려주실 선생님의 손길이 그립다.

그림책에 대한 몇 가지 오해

　우리 집 책장에는 꽤 많은 그림책이 있다. 그중에는 내가 보고 싶어서 산 그림책도 여러 권 있다. 유아도 아닌 어른이 무슨 그림책이냐고 의아해할지도 모르겠다. 그러나 그림책에는 나이가 없다. 문학적 표현이 뛰어난 레오리오니의 《으뜸헤엄이》나 모리스 센닥의 《괴물들이 사는 나라》, 니콜라이 포포프의 《왜?》 같은 그림책은 읽을 때마다 감동이 새롭다. 학부모를 대상으로 강의를 할 때도 그림책 읽기를 한다. 그림책을 넘기면서 그림 읽기와 해석을 해주면 감탄을 한다. 그림책이 이렇게 재미있는 줄 미처 몰랐다고.

　그림책은 아이가 세상에서 처음 만나는 책이다. 그래서 독서의 첫걸음이라는 점에서 매우 중요하다. 엄마나 선생님은 글을 읽어주고, 아이는 그림을 보면서 그림에 숨겨진 코드를 따라 상상의 길을 떠난다. 그림책의 언어는 시어에 가깝다. 설명이나 묘사가 생략된 최소한의 언어만 사용하기 때문이다. 그래서 문학성이 뛰어나다. 그림책은 성장기의 아이에게 감성과 정서를 풍부하게 해준다. 또한 그림책은 움직이는 미술관이라 할 만큼 다양한 그림을 만난다. 독자는 예술성이 뛰어난 그림을 보면서 감성을 활짝 열어젖힌다. 아이들은 그림책을 통해 세상과 만나고, 책 읽기의 즐거움을 배운다.

우리나라에서도 인기가 좋은 존 버닝햄의 《우리 할아버지》는 삶과 죽음에 대한 이야기다. 할아버지와 손녀가 만나는 시간의 흐름 속에서 작가는 "인생이란 이런 거야"를 말한다. 죽음이라는 삶의 철학을 그림책으로 풀어내는 작가의 재능이 놀랍다. 《지각대장 존》은 학교라는 제도와 규율을 강조하는 선생님이 아이의 상상력을 죽이는 주범임을 말한다. 우리 아이들이 지각대장 존에 열광하는 현실은 학교가 아이들을 얼마나 억압하는지를 역설적으로 보여주는 것이다. 얼마 전에 한국을 다녀간 앤서니 브라운은 그림책을 통해 사회적 발언을 하는 작가다. 회사에 인생을 저당 잡혀 딸과 놀아줄 시간이 없는 현대 가장의 모습을 그린 《고릴라》는 돌아가신 아버지의 모습을 떠올리게 한다. 직장일과 집안일에 시달리는 엄마의 가출을 통해 고정관념을 깨는 《돼지책》은 유쾌하면서도 통쾌하다.

머리가 무겁거나 복잡하면 그림책을 펼친다. 《까치와 소담이의 수수께끼 놀이》라는 그림책이다. 파스텔로 그린 그림은 나를 어린 시절로 데려가 준다. 민들레 씨앗이 날아다니던 들판을 뛰어다니던 친구와 뒷동산의 느티나무도 그림책 안에 있다. 주인공 소담이가 된 나는 그림책 속으로 여행을 떠났다가 흐뭇한 마음으로 돌아온다. 으뜸헤엄이를 따라 "야자수가 바람에 흔들리는 것 같은 말미잘도 만나고", 으뜸헤엄이와 빨간 물고기들의 지혜를 보며 감탄하기도 한다. 글자가 하나도 없는 《왜?》는 그림이 얼마나 많은 이야기를 담고 있는지를 보여주는 책이다.

미국 시카고 중앙도서관 2층에는 어린이 도서관이 있다. 그곳을 다녀온 지인이 머리가 허연 노인이 그림책을 펼치고 앉아 독서삼매경에 빠져 있는 모습을 보고 놀라웠다고 말했다. 그렇다. 그림책은 국경도 나이도 없다. 어린이부터 청소년, 노인에 이르기까지 전 세대를 아우르는 책이 그림책이다. 주말 아침, 그림이 화사한 마르쿠스 피스터의 《무지개 물고기》를 따라가며 나눔과 공존의 의미를 생각해본다.

옛이야기 되살리기

"옛날 옛날에 산골 오두막집에 어머니와 오누이가 살았는데 집이 너무 가난해서 어머니는 마을로 품을 팔러 갔거든. 잔칫집에서 일을 해주고 아이들이 기다리는 집으로 돌아오는데, 산길에서 호랑이를 만났단다." 나는 침을 꼴깍 삼켰다. 방학을 맞아 사촌들이 우리 집에 놀러 왔다. 오랜만에 만난 아이들이 잠을 자지 않고 떠들자 어머니가 전등을 껐다. 그런 다음 우리 옆에 누워서 옛이야기를 들려주었다. '해와 달이 된 오누이'라는 옛이야기다. 호랑이가 손에 밀가루를 바르고 엄마 목소리를 흉내 내자 누이가 방문을 열어주는 장면에선 가슴이 오그라들었다. 또 호랑이가 도끼로 나무를 찍고 올라올 때는 나도 오누이처럼 두려움에 떨었다. 호랑이 그림자가 창호지를 바른 문에 어른거리는 환상에 사로잡혔다. 그날 밤, 방안

162

을 환하게 비추던 달빛과 가슴 졸이며 듣던 장면이 생생하게 떠오른다.

　근대에 와서 옛이야기는 책 속에 갇혀버렸다. 원래 이야기는 끊임없이 진화했다. 화자와 청자가 누구냐에 따라, 장소가 어디냐에 따라 이야기가 새롭게 만들어져야만 했다. 콩밭을 매는 동안 일하기 싫어하는 아이를 위해 부모는 '콩쥐팥쥐' 이야기를 들려주었다. 노동의 소중함과 착하게 살면 복을 받는다는 교육도 함께 이루어졌다. 이야기는 살아 있는 입말로 들려주어야 제 맛이 난다. 책 속에 갇혀버린 옛이야기는 재미가 없다. 주인공도 내용도 아이들의 마음에 와 닿지 않는다. 어릴 때부터 온갖 지식과 정보에 노출된 아이들에게 호랑이는 동물원 우리에 갇혀 있을 뿐이다. 호랑이가 살아서 우리 곁으로 돌아오려면 이야기를 이 시대에 맞게 되살려야 한다. 심청이를 콩쥐를 흥부를 이 시대에 맞는 새로운 인물로 재창조해서 아이들에게 들려주어야 한다. 그래서 돈 많이 버는 것이 삶의 목표가 되어버린 아이들에게 새로운 꿈을 안겨주자.

　학교가 없던 시절 이야기는 훌륭한 교과서였다. 요즘처럼 딱딱하고 관념적인 지식을 전하는 교과서가 아니라 흥미진진한 이야기로 재미있게 가르쳤다. 바로 스토리텔링 기법이다. 사람들은 이야기 속의 주인공을 따라가며 웃고 웃었다. 착한 흥부가 복을 받아 잘살게 되면 같이 기뻐했다. 온갖 고난을 겪던 주인공이 하늘의 도움으로 행복하게 잘살았다는 결말에 안도의 한숨을 쉬기도 했다. 또한, 이야기는 힘든 노동을 견디게 해주는 유일한 오락이었다. 고된 인생살이를 웃음과 해학으로 풀어낸 지혜가 담겨 있는 보물 상자였다. 그래서 사람이 이야기를 만들었지만, 이야기가 사람을 만들기도 했다. 이야기가 지닌 힘이다.

이야기는 인류의 역사와 함께 생성되고 변형되어 전해 내려왔다. 당대 민중들의 바람과 꿈을 담은 이야기는 문자로 기록되지 않은 또 다른 역사다. 바보가 바보스러워 끝내 복을 받는 이야기, 권선징악, 참다운 정의실현 같은 내용은 인간다움의 가르침을 담은 윤리 교과서다. 즉 민중이 바라는 유토피아이며, 소원성취 판타지다. 추운 겨울, 어느 집 사랑채에 모여앉아 "옛날 옛날에~~"로 시작되던 이야기를 듣노라면 삶의 또 다른 세계가 펼쳐지곤 하지 않았던가. 그렇게 마주앉아 이야기를 통해 교감하고 소통하던 시대가 그립다. 텔레비전과 컴퓨터가 빼앗아 가버린 이야기를 되찾아오자.

행복한 삶의 길잡이

초등학교 다니던 시절, 우리나라 위인전에는 단골 인물이 있었다. 이순신, 유관순, 신사임당. 그런 위인들의 전기를 읽고 나면 솔직히 나는 주눅이 들었다. 위인전기 속 인물은 아주 특별한 사람들이었기 때문이다. 우선 태몽부터 유별났다. 용이 구름을 타고 엄마의 품으로 안겼다든지, 구렁이가 하늘로 승천하는 태몽 등 탄생부터 범상치 않았다. 또한 그들은 천재였다. 두 돌이 될 무렵 천자문을 다 외우고, 세 살 때 서해바다를 헤엄쳐 건너간 비범한 재능을 지닌 사람이었다. 마지막으로 불사조의 운명을 타고 났다. 좌절도 모르고 실패도 없었다. 이른바 '위인예정설'에 의해 탄생한 영웅적 인물이 위인들이었다.

나는 유관순 열사의 전기를 읽고 조국과 민족이라는 존재가 비장한 느낌으로 다가왔다. 그러나 지금도 기억에 남는 장면은 서대문 형무소에서 극한의 고문을 받는 장면이다. 솔직히 무서웠다. 만약 일제 강점기에 태어났더라면 나는 도저히 유관순 열사와 같은 삶을 살 자신이 없었다. 그래도 독후감에는 그녀의 애국심을 본받아 나라를 위해 몸을 바치겠노라고 썼다. 신사임당은 오랜 세월 현모양처의 표상이었다. 나중에 역사공부를 해보니 사임당 신씨는 현모는 맞지만, 양처는 아니었던 것 같다. 정조 사후 노론 세력의 정치적 필요성 때문에 신사임당이 여성으로는 드물게 역사적 인물로 부상했음을 알게 되었다. 이순신 장군은 지금도 한국인에게 추앙받는 대표 인물이다. 시대에 따라 이순신은 매번 다른 인물로 해석되고 있다.

근대 시민혁명 이후, 시대는 왕을 대신할 위대한 위인이 필요했다. 역사와 시민 의식이 진보한 21세기에는 위인전에서 인물이야기로 명칭도 바뀌었다. 타고난 재능을 살려, 혹은 남다른 노력으로 한 분야에서 뛰어난 업적을 이룬 사람의 이야기가 눈길을 끈다. 사회 진화의 결과다. 20세기 근대초기에는 정치인이나 군인, 과학자가 단골 인물이었다. 지금 이 시대는 기업인, 예술가, 스포츠 스타 등 다양한 직업군의 인물이 등장한다. 시대에 따른 리더십의 변천과 사회변화의 단면을 읽을 수 있는 부분이다.

인물이야기는 삶의 모델을 보여준다. 즉 '어떻게 살아갈 것인가?'라는 철학적 질문에 대한 길을 제시해준다는 면에서 여전히 필독서다. 온갖 어려움을 극복하고 성공한 사람의 이야기는 삶 자체가 감동이다. 이 시대 젊은이들의 롤 모델로 떠오른 안철수나 한비야, 혜민 스님의 책이 불티나게 팔리고, 이들의 강연회에 시민들이 구름처럼 몰려드는 것도 삶의 길을 찾고자하는 열망 때문이다. 더군다나 요즘처럼 내일을 예측할 수 없는 혼돈의 시대를 살아가야하는 많은 사람들은 그들의 이야기를 통해 보다 행복한 삶의 길을 찾고 싶은 것이리라.

남다른 인생을 살아온 사람에게는 두 가지 공통점이 있다. 바로 통찰력과 성실함이다. 시대정신을 꿰뚫어보는 통찰력과 주어진 삶에 대한 성실함, 이 두 가지는 동서양을 막론하고 공통으로 드러나는 자질이다. 문제는 지금 아이고 어른이고 할 것 없이 경제적으로 성공한 인물만 선호한다는 것이다. 대다수가 돈만 좇아가는 사회, 별로 건강한 사회가 아니다. 앞이 잘 안 보일 때 인물이야기를 읽다보면 그들이 걸어간 길이 보인다. 삶의 길이란 얼마나 다양하고 여러 갈래인가. 세속적 성공이나 경제적 성공만을 지향하는 부모가 정해준 길을 착실하게 따라가는 사람은 별 매력이 없다. 거칠고 험닌힌 길을 스스로 선택하고 극복해 나가는 삶이 훨씬 멋있지 않은가. 앞서간 이들의 삶의 이야기를 읽고 자신이 걸어갈 길을 찾게 된다면 한 권의 책이 좋은 길잡이가 될 수도 있을 것이다. 책 속에 길이 있고, 그 길에는 행복과 의미가 숨어있다.

판타지 속으로 떠나는 여행

장마철이다. 칙칙하게 몸을 감싸는 습도와 높은 온도는 불쾌지수를 높인다. 에어컨 바람은 뼛속까지 냉기만 스며들게 만들 뿐, 마음까지 시원하게 해주지는 못한다. 텔레비전 채널을 이리저리 돌려본다. 화면 속의 세상도 짜증스럽기는 마찬가지다. 이럴 때는 시원한 영화관으로 달려가거나 책장에서 가볍게 읽을 수 있는 책을 몇 권 꺼내온다. 여름철에 읽는 책은 가볍고 경쾌해야 한다. 이런 기준은 나의 특별한 취향이다. 뇌도 무더위에 지쳐 삐걱거리는데, 무겁고 심각한 책은 뇌의 과부하만 불러온다. 나는 이럴 때 재미있는 판타지 소설이나 동화를 읽는다.

영화나 책에는 또 다른 세상이 있다. 인간 세상 너머에 있는 판타지의 세상으로 여행을 떠난다. 말괄량이 삐삐를 따라다니며 아이들을 억압하는 세상을 향해 통쾌한 주먹을 날린다. 삐삐에게는 어떤 것도 두렵지 않다. 엄마가 없어도 슬프지 않고, 아빠가 없어도 무섭지 않다. 학교에 다니지 않아도 심심할 겨를이 없다. 혼자서 온 집안을 쑥대밭처럼 어질러놓고 사고를 친다. 이렇게 엉망진창으로 살아도 누구 하나 제지하거나 나무라지 않는다. 삐삐에게는 무한대의 자유가 허용된다. 옆집의 토니와 아니카가 유일한 친구다. 셋은 뒤죽박죽 별장에서 온갖 놀이를 즐기면서 그들만의 자유를 만끽한다. 삐삐는 어른들이 강요하는 고정관념을 통쾌하게 깨부순다.

스웨덴 출신의 아동문학가 린드그렌이 남긴 명작 《내 이름은 삐삐롱 스타킹》이란 책을 읽다 보면 내 안의 억압기제가 폭발하듯 해소된다. 주근깨투성이에 말총머리를 한 삐삐라는 아이는 바로 내 안에 잠재된 또 다른 나다. 성장 과정에서 사회의 규범과 제도에 억눌리고 어른들께 상처 입은 자아가 비로소 해방되는 기분이다. 오히려 아이들보다 내가 더 환호하는 책이다. 군사독재의 그늘에서 자유를 억압당했던 성장기의 아픈 기억이 훨훨 날아간다. 린드그렌의 동화가 전체주의 체제 아래 개인의 욕망이나 의식을 극도로 억압당한 채 살았던 동유럽이나 구소련연방 독자의 의식에 균열을 일으켰다는 것은 역사학자도 인정하는 사실이다. 그래서 판타지는 근대적 세계관에 대한 대안으로 주목받는다.

판타지는 현실의 역설이다. 그래서 현실을 전복하는 힘이 있다. 이성과 과학과 합리주의가 억압해 온 상상력을 해방하는 자유의 공간이 판타지의 공간이다. 역사적이고 세속적인 시간을 뛰어넘어 원초적이고 신성한 감수성을 일깨워준다. 이성에 의해 죽어버린 직관과 감성의 능력을 회복하도록 도와준다. 《산적의 딸 로냐》, 《한밤중 톰의 정원에서》, 《마녀 위니》 같은 동화를 읽다보면 순수한 동심을 되찾게 된다. 비로소 삶이 가벼워진다. 판타지는 포스트모더니즘의 물결을 타고 성인 문학의 영역에까지 넘실거린다. 컴퓨터의 등장은 의식의 혁명을 일으켰다. 경계 넘나들기, 탈영토화, 정보의 민주화, 중심부의 해체 등. 아동문학과 성인문학의 경계도 무너졌다. 소설에도 판타지가 자연스럽게 들어앉았다. 영화는 이미 오랜 전에 판타지를 도입하여 재미를 톡톡히 보고 있다. 현실의 한계를 훌쩍 뛰어넘을 수 있는 자유의 나라, 판타지의 공간을 넘나들다보면 더위도 달아나 버린다.

황금알을 낳은 동화 한 편

아침부터 극장 앞은 북새통이었다. 조조할인 입장권은 이미 예약 마감이란다. 난감했다. 다행히 성실하고 착한 아르바이트 학생의 도움으로 예약 취소된 좋은 자리 하나를 건졌다. 황선미의 장편동화 《마당을 나온 암탉》은 아동문학계에서는 명작의 반열에 오른 작품이다. 2000년 5월에 초판 발행되어 지금까지 100만 부가 팔렸다. 작가 황선미는 나와 동갑인 아줌마 작가다. 그녀는 동화로 계속 신기록 갱신 중이다. 《나쁜 어린이표》가 2010년 우리나라 아동문학 문단에서 최초로 100쇄를 기록했다. 솔직히 부럽기도 하고 배도 아프다. 이번에는 장편 동화 《마당을 나온 암탉》이 애니메이션으로 만들어져 개봉했다. 이 영화도 대박 날 조짐이 보인다.

장편 애니메이션 '마당을 나온 암탉' (감독 오성윤)은 기획부터 제작까지 6년이 걸렸다고 한다. 그만큼 공을 들인 작품이다. 영화는 닭장을 빠져나온 암탉 '잎싹'이 처음 품은 알에서 태어난 청둥오리 '초록'과 함께 펼치는 꿈을 향한 도전, 모자간의 사랑과 이별 등을 다룬다. 문소리(잎싹), 유승호(초록), 최민식(나그네), 박철민(달수) 의 목소리가 재미를 더해주었다. 유머로 활력을 불어넣는 수달 캐릭터도 집어넣었다. 우리 영화계에서 취약점으로 지적되는 서사의 완성도가 영화를 끌고 가는 힘이었다. 그림도 아름다웠다. 이야기의 전개에 따른 시간의 흐름을 한국의 사계절 경치로 담아냈다. 작품의 공간적 배경인 농촌의 풍경을 아름다운 그림으로 화면 가득 펼쳐 보였다.

그동안 아동문학은 문단의 변방에서 존재감이 미미했다. 시대의 흐름 속에서 책이 교육의 중심에 떠올랐다. 독서의 중요성이 강조 되면서 아동문학 시장도 빠르게 성장했다. 외국 작품의 수입에 의 존하던 출판사들이 앞 다투어 어린이 혹은 청소년 문학상을 만들었 다. 상금도 꽤 높다. 나는 강의실에서 한번 도전해볼 전망 좋은 분 야가 동화작가나 그림책 작가라고, 자주 말한다. 그야말로 아동문 학은 블루오션이다. 황선미 작가의 말에 따르면 최근 전업 동화작 가가 점점 늘어나고 있으며, 돈도 많이 번다고 한다. 탄탄한 동화 작품은 문화콘텐츠 산업의 토대가 된다. 좋은 동화 한 편이 영화로, 그림책으로, 캐릭터로 다양한 문화상품이 되어 부가가치를 창출하 는 시대다. '마당을 나온 암탉' 애니메이션 영화도 한국과 중국에 서 동시 개봉되었다. 또 하나의 한류 열풍을 몰고 올 대박상품이 될 것이다.

　재미도 있고 감동적이었다. 마당을 나온 암탉이 낳은 토종 애니메이션 영화에 뜨거운 박수를 쳐주고 싶었다. 미국의 월트 디즈니나 일본의 미야자키 하야오 같은 감독에게 가졌던 열등의식이 한꺼번에 날아가는 통쾌함을 맛보았다. 이제 우리 아이들도 토종 애니메이션 영화를 보면서 우리의 정서를 가슴에 담고 꿈을 키울 수 있겠구나, 라는 생각을 하니 맘이 흐뭇해졌다. 초록이가 드디어 파수꾼이 되어 수많은 청둥오리 떼와 함께 노을이 붉게 깔린 하늘을 비행하는 장면은 압권이었다. 기립박수라도 치고 싶었다. 황선미 작가와 감독과 제작자, 잎싹이와 초록이에게도. 꿈이 동화작가나 그림책 작가라고 밀하는 이이들이 점점 많아졌으면 좋겠다. 잘 쓴 동화 한 편이 황금알을 낳을 지도 모르니까.

이 책 속에 나오는 책들

《이상한 아빠 1 · 2》, 이문구, 솔출판사, 1997

《무슨 말 꿍쳐두었니?》, 윤금초, 책만드는집, 2011

《내 나이가 어때서?》, 황안나, 샨티, 2005

《나는 자꾸만 살고 싶다》, 안효숙, 마고북스, 2003

《그대 언제 이 숲에 오시렵니까》, 도종환, 좋은생각, 2008

《데미안》, 헤르만 헤세, 전영애 옮김, 민음사, 2009

《꽃들에게 희망을》, 트리나 폴러스, 김석희 옮김, 시공주니어, 1999

《마당을 나온 암탉》, 황선미, 사계절, 2002

《어린왕자》, 생텍쥐페리, 인디고, 2006

《나의 문화유산답사기 6》, 유홍준, 창비, 2011

《좋은 이별》, 김형경, 사람풍경, 2012

《아프니까 청춘이다》, 김난도, 쌤앤파커스, 2010

《책은 죽었다》, 서먼 영, 이정아 옮김, 눈과마음, 2008

《태백산맥》, 조정래, 해냄, 2002

《아리랑》, 조정래, 해냄, 2002

《옛날 사람들은 어떻게 살았을까》, 조은수, 창작과비평사, 1997

《한국의 미 특강》, 오주석, 솔, 2003

《책에 미친 바보》, 이덕무, 권정원 옮김, 미다스북스, 2011

《간송 전형필》, 이충렬, 김영사, 2010

《목민심서》, 황인경, 랜덤하우스코리아, 2007

《세상을 바꾼 여인들》, 이덕일, 옥당, 2009

《책과 노니는 집》, 이영서, 문학동네, 2009

《조선 명문가 독서교육법》, 이상주, 다음생각, 2011

《책쾌》, 김영주, 이리, 2012

《세계사를 움직이는 다섯 가지 힘》, 사이토 다카시, 홍성민 옮김,
뜨인돌, 2009

《문명과 바다》, 주경철, 산처럼, 2009

《책과 독서의 문화사》, 육영수, 책세상, 2010

《엽서》, 신영복, 너른마당, 1993

《책 읽는 여자는 위험하다》, 슈테판 볼만, 조이한 · 김정근 옮김,
웅진지식하우스, 2012

《봄날은 간다》, 김영민, 글항아리, 2012

《부끄럽지 않은 밥상》, 서정홍, 우리교육, 2010

《나무를 심은 사람》, 장 지오노, 김화영 옮김, 민음사, 2009

《피로사회》, 한병철, 김태환 옮김, 문학과지성사, 2012

《점선뎐》, 김점선, 시작, 2009

《욕망해도 괜찮아》, 김두식, 창비, 2012

《은교》, 박범신, 문학동네, 2010

《남자의 물건》, 김정운, 21세기북스, 2012

《미디어의 이해》, 마셜 매클루언, 김상호 옮김, 커뮤니케이션북스, 2011

《독서력》, 사이토 다카시, 황선종 옮김, 웅진지식하우스, 2009

《선악의 저편 도덕의 계보》, 프리드리히 니체, 김정현 옮김, 책세상, 2002

《열하일기》, 박지원, 김혈조 옮김, 돌베개, 2009

《기적의 도서관 학습법》, 이현, 기탄출판, 2010

《생각하지 않는 사람들》, 니콜라스 카, 최지향 옮김, 청림출판, 2011

《독서 천재가 된 홍대리》, 이지성 · 정회일 지음, 다산라이프, 2011

《성공하는 사람들의 독서습관》, 안계환, 좋은책만들기, 2011

《문자제국 쇠망약사》, 이남호, 생각의나무, 2004

《헤르만 헤세의 독서의 기술》, 헤르만 헤세, 김지선 옮김, 뜨인돌, 2006

《몽실 언니》, 권정생, 창비, 2012

《점득이네》, 권정생, 창비, 2012

《비나리 달이네 집》, 권정생, 낮은산, 2001

《으뜸 헤엄이》, 레오 리오니, 이명희 옮김, 마루벌, 2011

《괴물들이 사는 나라》, 모리스 샌닥, 강무홍 옮김, 시공주니어, 2002

《왜?》, 니콜라이 포포프, 현암사, 1997

《우리 할아버지》, 존 버닝햄, 박상희 옮김, 비룡소, 2004

《지각대장 존》, 존 버닝햄, 박상희 옮김, 비룡소, 1995

《고릴라》, 앤서니 브라운, 장은수 옮김, 비룡소, 2008

《돼지책》, 앤서니 브라운, 허은미 옮김, 웅진주니어, 2009

《까치와 소담이의 수수께끼 놀이》, 김성은, 사계절, 2000

《해와 달이 된 오누이》, 이경혜, 시공주니어, 2006

《내 이름은 삐삐 롱스타킹》, 아스트리드 린드그렌, 햇살과나무꾼 옮김,
                                    시공주니어, 2000

《산적의 딸 로냐》, 아스트리드 린드그렌, 이진영 옮김, 시공주니어, 1999

《마녀 위니》, 코키 폴 브릭스, 김중철 옮김, 비룡소, 1996

《한밤중 톰의 정원에서》, 필리퍼 피어스, 김석희 옮김, 시공주니어, 1999

《나쁜 어린이 표》, 황선미, 웅진주니어, 2007

《정의란 무엇인가》, 마이클 샌델, 이창신 옮김, 김영사, 2010

《토지》, 박경리, 솔, 1993